시간이
지날수록
빛나는

강화의 자연 속에서
삶을 그립니다

시간이
지날수록
빛나는

강화의 자연 속에서
삶을 그립니다

김금숙 지음

남해의봄날

나와
당신의 이야기

인터뷰를 하다 보면 꼭 빠지지 않고 받는 질문이 있다.

"작품 모티브는 어디서 받으세요?"

나는 내가 간접적으로 또는 직접적으로 경험한 일을 모티브로 작품을 만들고 있다. 어린 시절부터 지금까지 시골과 도시, 국경을 넘나들며 새로운 환경에서 느낀 것들, 이주민, 경계인, 차별과 따스함, 다른 문화, 내가 만난 사람들, 내 주변 이야기는 모두 내 작품의 모티브가 되었다.

우리 집은 전라남도 고흥의 시골 중에서도 깡 시골이었다. 아버지가 몇 날 며칠 돌을 하나하나 줍고 쌓아서 만든 방 두 칸짜리 돌담집에 살았다. 한방에 팔 남매와 부모님이 구겨져 잤고 옆방에는 농사지은 곡식과 마른 채소, 고추 포대가 쟁여 있었다. 부엌도 옛날식이라 나무를 해서 아궁이를 지폈다. 그 위에 크고 검은 솥을 얹어 밥을 하고 국을 끓였다. 우물이 있는 마당에는 감나무, 대추나무가 있고, 집 뒤로는 오래된 소나무가 몇 그루 병풍처럼 펼쳐져 있었다.

친구들과 전쟁놀이하는 걸 제일 좋아했다. 머리는 부스럼이 생겨 엄마가 바리캉으로 늘 밀어 버렸다. 머슴애보다 더 개구쟁이였고 무릎은 하루도 성할 날이 없었다. 풍족하지는 않아도 가족과 친구들과 함께하는 즐거운 나날이었다.

여섯 살이 되던 해 12월, 인생의 첫 분기점을 맞이했다. 느닷없이 우리 가족은 서울 서초동으로 이사를 했다. 서울 가면 일도 많고 돈도 많이 벌 수 있다는 꼬임에 부모님이 홀딱 넘어간 것이다. 친했던 친구들과 헤어지고 부모님은 매일 일 가서 늦게 오고 오빠 언니들도 빠짐없이 일을 다녔다. 나는 서울 생활이 하나도 재미가 없었고, 점점 내성적으로 변해 갔다.

운 좋게 미술대학에 입학한 나는 대학을 졸업하면 프랑스로 미술 공부를 하러 가리라는 꿈을 꾸기 시작했다. 1994년 대학 졸업식이 끝난 지 한 달 후 나는 한국을 떠났다.

프랑스에서의 생활은 결코 만만하지 않았다. 언어를 모르니 내 생각을 표현할 수 없었고, 착하고 멍청한 이방인 취급을 받았다. 생애 처음 인종 차별을 느꼈다. 피부색이 노랗고 눈이 작고 코가 낮다는 것, 즉 다르게 생겼다는 것, 다른 문화에서 왔다는 것, 특히 가난한 나라라 여겨지는 곳에서 왔다는 것, 그 가난한 나라의 서민층이 외국에서 어떻게 받아들여지는지 뼛속 깊이 체

험했다.

　물론 모든 사람이 그런 것은 아니다. 다행히 따스하고 좋은 외국 사람들, 친구들 덕에 나는 배를 곯지 않았고 덜 외로웠다. 오히려 한국 사람보다 외국인들이 더 나를 챙겨 주었다. 거의 30년이 지난 지금도 그 친구들과 연락한다.

　스트라스부르 미술학교에 다니며 그곳에서 생각하는 법, 내 생각을 표현하는 법을 배웠다. 이곳에서 보낸 3년의 학창 시절은 행복했다. 재능을 인정받았고 유럽의 다른 나라에 전시와 레지던트 초청을 받아 여행했다. 그러나 졸업 뒤의 현실은 달랐다. 당장 먹고 살 길이 막막해 아르바이트를 해야 했다. 작품을 손에서 놓지 않으려고 노력했지만 결국 작업을, 예술가로서의 꿈을 포기했다.

　나는 나의 불행과 우울한 마음을 견디기 위해 낙서하듯 그림 일기를 쓰기 시작했다. 만화에 더 가까운 방식이었다. 사람이 죽으란 법은 없나 보다. 원하지 않았던 일에 치여 가장 절망했던 순간, 번역 일을 제안받았다. 만화 번역이었다. 나는 얼마 지나지 않아 만화를 출간하는 프랑스 모든 출판사와 협업하게 되었다. 만화를 번역하며 만화의 가능성을 깨달았다. 연필 하나와 종이만 있으면 된다. 무슨 이야기든 가능하다. 못 그려도 괜찮다. 이 세 가지를 생각하며 나는 내 만화를 그리기 시작했다. 어느새 30대중반이 되어 있었다.

내가 그리는 자전적 성격의 작품은 이러한 산경험을 기반으로 한다. 특히 이동 공간의 변화는 인생에도 큰 영향을 주었는데, 시골에서 서울로 이사 오며 경험한 어린 시절의 추억으로 만화 〈꼬깽이〉를 그렸고 그 시절을 함께 살아낸 가족의 이야기는 〈아버지의 노래〉가 되었다. 낯선 나라에서 다른 문화를 경험하는 외국인의 시선을 〈이방인〉에 담았다.

시골에서 서울로 이사 가지 않았다면, 프랑스에 가지 않았다면 오늘의 나는 없었을 것이다. 내게 나이 많은 부모가, 여러 명의 오빠와 언니가 없었다면 지금의 나는 생겨나지 못했을 것이다. 나를 가장 힘들게 하고 아프게 한 것은 내가 가장 사랑하는 것들이었다. 그때는 그렇게 숨통이 막혔던 것들이 내게 끊임없이 창작하지 않고는 못 견디게 했구나 생각하니 인생이란 참 모순적이고 상반적이구나 싶다.

내 가족의 이야기와 삶의 경험은 나는 누구인가, 어디서 왔는가 고민하는 계기가 되었다. 내 정체성은 역사와 사회와 밀접한 관계가 있음도 깨달았다. 내게 가장 영향을 준 인물은 바로 나의 부모와 형제자매였다. 아버지는 1925년생이고 엄마는 1933년생이다. 아버지는 한국전쟁에 징병되어 가던 길에 전쟁이 멈추어 집으로 돌아올 수 있었고, 엄마는 전쟁 무렵 남한으로 피란 올 때

자매와 헤어져 영영 다시 만나지 못했다. 사랑하는 사람들의 아픔과 상처를 오랫동안 지켜보았다. 그리고 하나둘 책에 담기 시작했다. 충분하진 않지만 이산가족의 슬픔과 아픔을 〈기다림〉으로 이야기했다. 또 일제강점기 '위안부' 피해자를 담은 작품 〈풀〉의 주인공 이옥선 할머니와 다른 피해자들의 이야기는 허구도 아니고 먼 이야기도 아니었다. 바로 내 엄마가 살던 시대다.

내 경험을 비롯해 주변 모든 이야기를 작품에 담을 수는 없다. 작품을 기획하고 구상하고 시나리오를 쓰고 콘티를 짜고 그림을 그려 책이 나오기까지 짧게는 1년, 길게는 수년이 걸리기 때문이다. 내 주변의 이야기 중 나에게 더욱 다가오는 것이 있다. 그것은 한두 번의 접근과 만남에서 오지는 않는다. 무심히 만났거나 들었던 것이 수년 후 때론 몇십 년이 지난 후 다시 다가올 때가 있다. 젊을 때는 무심히 스친 것, 아니 무심히 스쳤다고 착각했던 것이 나중에 다시 만났을 때 온몸에 전율이 흐르듯 상기되는 일이 있다. 시간이 지나고 나서 익는 과일처럼 그것들도 시간이 필요하다. 기억이라는 것, 머릿속은 얼마나 복잡하고 대단한지 스스로 놀라기도 한다.

그리고 지금, 시골에서 자란 나는 서울과 프랑스를 거쳐 또다시 시골로 돌아왔다. 강화에서는 사계절이 냄새로, 색으로, 빛으로, 맛으로, 소리로, 피부로 와닿는다. 때로는 벅차게, 때로는 부드럽게 간지럽힌다. 서울에서는 느끼기 힘든 감각이다. 이 책에는 그런 강화에서의 삶을 담았다. 나의 이야기가 당신에게 잔잔한 바람으로, 꽃향기로, 작은 새의 노래로 다가가길 바란다.

몸과
마음이
쉬는 집

이야기 하나

내가
꿈꾸는 집

소나무가 먼저 눈에 확 들어왔다. 붉은 몸통, 파라솔 모양으로 하늘을 향해 뻗은 가지, 푸른 솔잎. 보자마자 '이 집이다'라고 확신했다. 내가 지금 살고 있는 강화도 집 이야기다.

1994년, 만으로 스물두 살 되던 해에 예술가의 꿈을 품고 부모의 집을 떠나 프랑스로 향했다. 부모는 말렸으나 내 결심은 확고했다. 프랑스에서 구한 첫 집은 알프스 산자락 아래에 있는 작은 도시 샹베리의 어학원에 붙어 있었다. 프랑스에서는 원룸형 주거 형태를 스튜디오라고 부르는데, 내가 머문 스튜디오는 한방에 침대와 책상이 있고 부엌과 제법 큰 욕실, 화장실이 따로 있었다. 모던하고 깨끗했다. 단지 비싼 게 흠이었다. 도착한 지 일주일 뒤부터 저렴한 방을 찾으러 다녔다. 그러다 인상 좋은 할아버지가 월세를 놓는 집을 찾았다. 돌로 지은 집이었는데 천장은 4 미터 정도로 높았고, 지은 지 이백 년이 되었다고 했다. 내가 그 집에 들어갈 때 같은 어학원에 다니던 일본인 학생도 들어갔다. 말은 잘 통하지 않았지만 제법 친해져 밥도 같이 해 먹고 수업이 끝나면 도서관에서 함께 공부했다. 그가 엑상프로방스에 있는 학교로 떠나고 나도 그 집을 나왔다. 집주인 할아버지가 육중한 배를 자랑하며 알몸에 수건 하나만 걸친 채 집 안을 활보했기 때문이다.

다시 어학교 스튜디오로 온 나는 월세를 아끼기 위해 폴란드인 학생과 집세를 반씩 지불하고 살았다. 그는 밝고 긍정적이었다. 문제는 친구들을 집으로 불러 늦은 저녁까지 수다를 떤다는 것이었다. 결국 나는 짐을 싸서 나왔다. 마침 한 프랑스인 가정에서 베이비시터를 구한다기에 그 집에 들어갔다. 돈도 벌고 먹고 자는 문제도 해결되리라 생각했다. 아이가 넷, 고양이가 두 마리 있었다. 아이들도 착하고 고양이도 사랑스러웠다. 그런데 그 집에 들어가자마자 몸이 심하게 아프기 시작했다. 천식 발작까지 일으켰다. 그때까지 내게 고양이 알레르기가 있다는 것을 몰랐다. 당시 나를 진찰한 의사는 내게 알레르기로 죽을 수도 있다고 했다.

1월 중순, 남대문 시장에서 구입한 3단 검은색 이민 가방을 끌고 어깨에는 지인이 준 전기밥솥이 든 가방을, 등에는 책가방을 메고 그 집을 나왔다. 갈 데가 없었다. 친구 집에서 며칠 있다가 친구 소개로 프랑스인 화가의 집 마당에 있는 캐러밴에 머무르기로 했다. 깊고 푸른 밤하늘 아래 캐러밴과 나를 상상하니 그 고독마저 감미로웠다. 마르크 샤갈의 〈블루 바이올리니스트 The Blue Violinist〉가 떠올랐다. 그러나 상상이 현실과 같다면 인생은 너무 쉬웠을 것이다. 눅눅한 프랑스의 겨울이 침대 시트와 옷에 내려앉았다. 뼛속까지 축축했다. 늘 감기를 달고 살았다. 다행히도 화가가 두 달간 여행을 떠나며 그의 집에서 따뜻하게 겨울을 날 수 있었다. 내 그림을 좋아하던 그가 나만 괜찮다면 여행 기간에 본인의 집에서 지내라고 한 것이다. 화가의 집 벽난로는 따스하고 낭만적이었다. 나는 감자와 밤을 구워 먹었다.

사부아 대학교 학생들이 기거하는 기숙사로 옮겼을 땐 호텔 경영학과에 다니는 학생과 살았다. 그는 알자스 지방 출신이었다. 요리하기를 좋아하고 솜씨도 좋았다. 일주일에 적어도 두 끼는 그가 만든 음식을 먹었다. 주말에는 함께 자전거를 탔다. 그와는 지금까지도 연락을 한다.

스트라스부르 미술학교에 다닐 때는 작은 다락방을 구했다. 지붕 바로 아래 방이라 천장이 낮아 서 있기도 불편했고 화장실은 복도 끝에 있었다. 동거인을 구하는 파르타주 광고를 학교에서 보고 외국인 학생 네 명이 사는 집에 들어갔다. A는 대마초에 절어 살았고 B는 매일 밤 다른 여자를 데려왔다. C는 설거지를 쌓아 두었다. D는 찢어진 반바지에 갈색 털이 엉킨 다리를 자랑하며 긴 머리를 뒤로 쓸어 넘기곤 했는데 전혀 멋있지 않았다.

졸업한 후에는 파리로 이사 왔다. 리옹 역 근처였는데 습기가 많아 옷에 곰팡이가 피었다. 이후 퐁피두 센터 근처 유대인이 많이 사는 동네에 집을 얻었다. 카페 테라스에 앉아 커피를 마시며 지나가는 사람 구경하는 것을 좋아했다. 가까운 마레 지구나 퐁피두 센터 전시도 보러 가고 루브르 박물관을 지나 오르세 미술관까지 센강을 따라 산책했다. 걷는다고 현실의 갑갑한 문제가 해결되는 것은 아니었다. 그래도 거리를 두고 생각하니 가까이에서 보이지 않던 것들을 볼 수 있었다. 그렇게 많은 일에 적응하고 익숙해질 수 있었지만 그 모든 것을 상쇄하는 어려움은 아랫집 노부부가 괴성을 지르며 밤낮 가리지 않고 다투는 것이었다. 아무리 좋은 집이어도 이웃을 잘못 만나면 지옥이 된다.

16년간의 프랑스 생활을 정리하고 한국에 돌아와서는 오래되고 소박한 동네에 살았다. 이웃들은 정겹고 친절했다. 하지만 재개발로 내가 살던 다세대주택에서 나가야 했다. 우연히 알게 된 강화 책방 국자와주걱에 왔다가 지금 내가 사는 집을 보았다. 오래된 소나무와 산이 내가 태어난 고향 전남 고흥의 집을 연상시켰다. 얼마 뒤 나는 이사를 했다. 만 스물두 살, 부모를 떠난 뒤 살게 된 스물네 번째 집, 바로 내가 꿈꾸던 집이다.

닭은
닭 이 다

시골 생활의 로망으로 닭을 키우고 싶다는 사람이 있다. 바로 남편이다. 나는 아니다. 닭똥 냄새도 심할 것이고, 생명을 키우는 일이니 책임감을 가지고 보살펴야 할 것이다. 비 피하고 야생동물의 공격에서 보호할 닭장도 만들어야 한다. 내가 닭을 키우는 것에 반대하는 다른 이유는 반려견 당근이와 감자, 초코가 뛰어놀기에도 좁은 우리 집 마당 때문이다. 잡풀도 만만치 않다. 매일 뽑아도 금세 자라 있다. 그 무엇보다 일을 벌이고 싶지 않은 마음이 컸다.

그러나 늘 그렇듯 남편의 꾸준한 설득에 넘어가고야 말았다. 봄이 되자 발달 장애 청년들과 함께 살고 일하는 마을 카페 큰나무에서 병아리를 오십 마리 정도 산다고 했다. 우리도 같은 양계

장에서 다섯 마리를 샀다. 병아리를 실외에 내놓기에는 날이 아직 꽤 쌀쌀했다. 보일러실 한쪽에 박스를 놓고 벼농사 짓는 이웃에게 볏짚을 얻어 바닥에 깔았다. 국그릇에 물을 붓고 접시에 모이를 담아 넣어 주었다. 낮에는 햇빛 대신 불을 켜 정성으로 보살폈지만 다섯 마리 중 세 마리가 차례로 죽었다. 집 옆에 땅을 파서 묻었다. 끝까지 안 키우겠다고 할걸. 우리가 무얼 잘못해서 죽었나. 마음이 안 좋았다.

5월 중순, 병아리를 야외에서 길러도 될 만큼 날이 따스해졌다. 집 아래 풀밭 주인의 허락을 받아 그곳에 닭장을 지었다. 마을 어르신이 지나가면서 한마디씩 던졌다. 두더지한테 잡아먹힐 수 있다, 고양이가 물어 갈 수 있다, 산짐승이 내려와 죽일 수도 있다. 닭장은 툭 건드리면 와르르 무너질 것처럼 엉성했다. 그러나 두 달 넘게 이어진 장마와 잦은 태풍에도 무사히 버텨 주었다.

살아남은 두 마리가 암탉이 될 무렵 강화읍 풍물시장에서 닭 세 마리를 샀다. 새로 온 닭 세 마리는 먼저 있던 닭 두 마리보다 어렸다. 대장인 듯한 암탉이 새로 온 닭들에게 텃세를 부렸고 그들은 대장 암탉의 눈치를 보았다. 어느 날 아침, 제법 자란 수탉은 한참을 컥컥거리며 울었다. "꼬끼오"가 아니라 "꼬끄끄끄" 우는데 기특하기도 했지만 우스꽝스러워서 한참을 웃었다. 아직은 덜 여문 우리 집 수탉 울음소리는 다른 집 수탉 울음소리와 확연히 구분되었다. 닭은 해 뜨면 운다고 했던가? 우리 집 수탉은 하루 종일 시도 때도 없이 운다.

비가 하염없이 내렸다. 마을 확성기는 온종일 태풍주의보를 울려 댔다. 실컷 풀을 뜯어 먹으라고 닭을 풀밭에 풀어놓았다. 바람이 점점 거세졌다. 태풍이 심해지기 전에 닭장 안으로 쫓는데 한 마리가 보이지 않았다. 대장 노릇 하던 암탉이었다. "피우피우 피우" 소리 내 부르면 왔는데 아무리 불러도 오지 않았다. 풀밭을 여기저기 뒤져 보아도 없었다. 짐승이 물어 간 것일까? 큰 참나무 가지가 몸부림치는 소리가 밤새 귀를 때렸다. 잃어버린 닭이 바깥 어딘가에서 비바람을 맞고 있으리라 생각하니 잠을 편히 잘 수 없었다. 어서 태풍이 지나고 해가 뜨기만을 기다렸다.

이른 아침, 닭을 찾으러 나갔다. 그런데 의외로 쉽게 찾았다. 비를 맞아 흠뻑 젖은 채 닭장 옆 큰 참나무 아래에 있었다. 순간 코끝이 찡했다. 감기 걸리지 말라고 약을 주고 닭장에 넣었다. 어디 갔다 왔느냐고 나무라고 싶었지만 살아 있어 고맙다고 말했다. 가장 힘센 닭이 가장 약해져 버렸다.

시간이 지나며 닭장 안 분위기가 이상해졌다. 밖에서 밤을 보낸 대장 닭이 닭장에 들어가기를 꺼렸다. 다른 닭들에게 따돌림을 당하는 듯 보였다. 특히 대장 닭에게 괴롭힘 당했던 작은 닭이 강해져 약해진 대장 닭을 쪼아 댔다.

곧 괜찮아지겠지 생각했다. 장마가 끝났는데도 비가 계속 내렸다. 일요일 아침이었다. 닭장 문을 열어 보니 한구석 빗물이 고인 진흙더미에서 머리가 찢어진 대장 닭이 쭈그리고 있었다. 피가 나고 상처가 심했다. 어떤 닭이 그랬는지 짐작이 갔다. 무섭고 잔인한 보복이었다.

따뜻한 보일러실에 자리를 깔고 닭을 눕혀 상처 부위를 소독한 뒤 항생제를 먹였다. 닭은 이승과 저승의 경계에 있는 듯 잘 움직이지 않았다. 제발 살아 줘. 힘을 내렴. 내일 병원 가자.

다음 날, 남편이 먼저 보일러실로 갔다. 내가 당근이와 감자에게 아침밥을 주는 동안 보일러실 옆에서 땅을 파는 소리가 났다. 곧 발소리가 가까워졌다.

"죽었어."

고개를 떨구며 그가 말했다.

"묻어 주고 왔어?"

내가 물었다.

"응."

키우던 생명을 보내는 건 슬픈 일이다. 닭을 키우면서는 닭을 먹어 본 적이 없을 만큼 정을 주었다.

대장 닭을 죽이고 새 권력을 쟁취한 닭은 야생의 세계를 넘어 인간 사회의 권력가와 닮은 것 같다. 눈치를 보면서 몸을 사리다가, 기회를 노려 약점을 잡아 공격한다. 화해하는 방법은 없었을까.

밖에서 남편이 불렀다.

"와! 우리 닭이 첫 달걀을 낳았어."

어느 닭이냐고 물었더니 대장 닭을 죽인 닭이란다. 애썼다.
그래, 인간은 인간이고 닭은 닭이지.

병아리는 엄마 날개 품에 안겨 잔다.
어른 닭이 되면 각자다.
사람은 다르다.
어른이 된 자식이
아이가 된 부모를 보듬는다.
사람이니까.

맙소사,
쌀 알레르기

지금은 고인이 된 만화가, 오세영 선생님 댁을 십수 년 전에 찾아간 적이 있다. 미리내에 위치한 선생님 작업실과 집은 작가라면 누구나 꿈꿀 만한 곳이었다. 집 옆에는 계곡이 있고 마당에는 온갖 아름다운 꽃과 텃밭, 닭, 개, 정자까지 모든 것이 완벽해 보였다. 내가 물었다.

"선생님, 여기서 작업이 정말 잘되시겠어요!"

그가 껄껄 웃으며 말했다. 가만 앉아 풍경을 보고 있노라면 어느새 하루가 훅 지나간다고. 풍경 보느라 오히려 작업이 더 안 된다고. 강화 시골에 살면서 그 말을 이해했다. 봄이 되면 아침에 일어나 꽃 보느라 시간 가는 줄 모른다. 아무것도 안 하고 아무 생각 없이 그 앞에 그렇게 하루 종일 있을 수 있을 것 같다. 하지만 나의 아름다운 풍경은 곧 지옥으로 변한다. 손바닥 뒤집듯 순식간이다.

컬럭 컬럭. 마른기침이 또 시작되었다. 참으려 애를 쓰면 쓸수록 심해졌다. 기침을 할 때마다 몸 전체에 진동이 전해졌다. 재채기도 심했다. 내 재채기 소리에 동네가 다 쓸려 갈 듯했다. 코 푸는 걸로 아침을 시작해 24시간이 지나도 여전히 코를 풀었다. 얼굴도 가렵고 눈에서는 눈물이 흘렀다. 숨이 가빠 왔다. 나는 마치 더운 여름날 혀를 땅바닥까지 늘어뜨린 개처럼 숨을 할딱거렸다.

가슴을 쥐어짜며 발작기침을 하면서 문득 '거북선'이 생각났다. '솔'도 생각났다. 아버지가 피우던 담배다. 줄담배를 태우던 아버지는 집이 떠나가라 발작기침을 하곤 했다. 천식이었다. 내가 아버지를 닮은 걸까? 하지만 나는 담배를 태우지 않는데. 엄마는 아버지가 기침 때문에 죽었다고 했다. 시장에서 장사를 하던 엄마는 집에 들어오며 현관 앞에서 목에 두른 수건을 빼내 먼지 쌓인 바지를 탈탈 털곤 했다. 그러고는 화장실로 들어가 샤워를 했다. 거실에서는 아버지가 담배를 태우며 숨넘어갈 듯 기침을 해 댔다. 그럴 때면 버럭 화장실 문이 열리며 엄마가 쏘아붙였다.

"앗따, 그눔의 담배 잔(좀) 그만 태랑께."

엄마의 잔소리는 화장실에서 나와 옷을 입고 부엌으로 들어갈 때까지도 계속되었다. 아버지는 귀먹은 사람처럼 아무런 대답이 없었다. 엄마야 소리를 지르건 말건 아버지는 한 대를 어느새 다 태우고 또 한 대를 입에 물었다.

강화도에는 5월에 이사 왔다. 6월 말까지 기침, 재채기, 콧물에 시달렸다. 정신까지 몽롱해졌다. 양약을 먹어 봐도 소용이 없고 한약을 먹고 침을 맞아도 소용이 없었다. 남편은 나의 마른기침이 스트레스 때문에 나는 것이라 했다. 정신과 의사와 상담을 해 보라고 했다.

"내 정신이 뭐가 어때서? 그만 좀 해. 당신이 그러니까 스트레스 더 생겨."

정말이었다. 기침을 할 때마다 남편은 스트레스 때문이라고 얼굴을 찌푸렸고, 나는 그 말과 표정에 더 화가 치밀었다. 결국 나는 소리를 꽥 지르고 말았다.

"모든 게 정신 탓이냐? 몸만 아프면 무조건 정신 탓이래."

비가 내렸다. 기침이 조금 잦아들었다. 서울에 있는 병원에 예약을 잡으려고 전화를 했다. 알레르기 때문에 기침이 나고 콧물이 난다고 했더니 코로나 검사를 해야 한단다. 나는 전화를 끊은 뒤 강화읍 병원으로 향했다. 의사를 만나 비가 오니 기침이 조금 덜하더라고 설명했다. 의사가 습도 덕분이라고 했다. 생각해 보니 습도가 높고 더운 나라에서는 봄이어도 기침이 덜했다. 나는 아무래도 덥고 습한 나라에서 살아야 하나 보다. 그는 내게 알레르기 검사를 해 보자고 했다. 하긴 그렇게 알레르기에 시달리

면서도 단 한 번도 검사를 안 해 봤다. 젊은 간호사가 능숙하게 내 팔에 주삿바늘을 꽂았다. 검붉은 피가 내 몸에서 빠져나갔다. 무서웠지만 아프지는 않았다.

일주일 뒤 검사 결과를 보러 강화읍 병원에 갔다. 맙소사! 알레르기투성이였다. 특히 '여러 종류의 풀'이 6분의 5나 차지했다. 집에 가려고 진료실 문을 나서는데 의사가 다급하게 불렀다.

"세상에, 쌀에도 알레르기가 있네요. 감자, 양파, 마늘에도요. 밥 먹고 사는 한국 사람이 쌀에 알레르기가 있으니 이걸 어떡해?"

그는 난감한 모양인데 나는 웃음이 났다. 쌀 알레르기라니. 그래서 밥만 먹으면 그렇게 다음 날 얼굴이 달덩이처럼 부었나?

나는 의사에게 물었다.

"선생님, 혹시 맥주는요?"

의사가 놀란 눈으로 날 쳐다보았다.

"저녁에 딱 한잔 시원하게 맥주를 마시거든요."

막상 말을 꺼낸 내가 더 당황했다.

집에 오는 길, 여전히 마른기침이 나왔다.

'쌀 알레르기라니까 갑자기 밥이 더 당기네.'

좋아한다고 늘 먹을 수는 없다.
가끔 취하면 탈이 되지 않지만
자주 취하면 독이 될 수도 있다.
좋아할수록 적당한 거리가 필요하다.
인간관계가 그러하다.

시시포스의
신화를 사는 서민들

"반나절 만에 7천만 원 벌었어. 그 집을 올 초에 3억 주고 샀거든. 근데 지금 9억이야."

나는 들었던 밥 수저를 놓으며 옆을 보았다.

"돈도 많다. 그걸 사람들이 산단 말이야?"

앞에 앉은 이가 대답했다. 예순 살은 조금 넘어 보이는 데다 얼굴이 거무튀튀하다. 나처럼 시골에 사는 모양이다.

"야, 이 친구야. 매물이 안 나와. 없어서 못 사."

반나절 만에 7천만 원을 번 도시 여자는 이어서 아들 이야기를 했다. 몇 년 전에 결혼한 아들은 당시 전 재산이 6천만 원이었다. 아들 부부는 은행에서 대출을 받아 서울에 아파트를 구입했다. 그 아파트는 짧은 기간에 몇억 원이 올랐다. 그들은 서울 근교 도시에 전세를 끼고 아파트 두 채를 또 구입했다. 새로 산 아파트도 곧 엄청난 가격으로 뛰었다. 아들 부부는 얼마 전 세금으로 9천만 원을 냈다.

　오랜만에 서울에 일이 있어 나갔다가 우연히 들은 대화다. 실화인가? 내가 지금 제대로 들은 거지? 반나절 만에 7천만 원을 벌었다는 사람과 나는 같은 별, 같은 시대에 살고 있는 건가? 아, 갑자기 바람 빠진 풍선처럼 허무해졌다. 저렇게 번 돈이 무슨 의미가 있고 무슨 가치가 있나? '나는 몇십억 하는 콘크리트 닭장 같은 아파트보다 작은 마당이어도 문만 열면 땅을 밟을 수 있는 흙냄새 나는 집이 좋다'고 스스로를 위로해 보지만 바람 빠진 풍선은 다시 통통 튈 기력이 없었다. 순간 부럽기도 했다.

　앞으로는 전세가 월세로 바뀐다는 뉴스에 화가 버럭 났다. 정기적인 월수입이 없어 월세를 내기 어려운 프리랜서 작가, 예술가, 어르신에 가난한 사람들은 어쩌라고? 또 어디로 가라고 다들 이러는가?

　나는 외국인 친구들에게 한국에 전세가 있어서 좋다고 자랑하듯 말하곤 했다. 프랑스는 집 구하는 일이 한국보다 훨씬 까다롭다.

　30대 초, 파리 리옹 역 근처에 살 때다. 역 근처에는 여러 노숙인이 있었다. 나는 그들과 단 한 번도 말을 해 본 적이 없었다. 그런데 내 프랑스인 친구는 그들 앞을 지나갈 때마다 대화를 나넀다. 때론 대화가 길어져 옆에서 10분 이상 기다린 적도 있다. 어느 날 그의 집에서 노숙인 한 명이 나오는 걸 보았다. 그는 긴 수염을 면도하고 머리도 잘라 단정해 보였다. 사정은 이러했다. 그 노숙인이 직장을 구하러 갔는데 직장에서 거주 증명서를 요구했다. 집이 없는 그에게 친구는 그의 집에 산다는 거주 증명서를 떼 주었다. 친구 집에서 샤워를 하고 나온 노숙인은 다행히 그 덕에 직장을 구할 수 있었다.

프랑스에서 월세를 얻으려면 보증금은 기본이요, 재직 증명서와 지난 수개월간의 월급 증명서로도 부족하다. 혹시 직업을 잃어 월세를 못 낼 경우를 대비해 보증인을 요구하고 보증인도 얼마 이상 버는지 증명하는 서류를 내놓아야 한다. 집을 계약할 때는 못 구멍 하나, 벽에 긁힌 부분은 없는지 집 상태를 상세히 체크하고 확인한 뒤 계약서에 사인한다. 이후에 세입자가 떠날 때, 사인했던 서류의 내용과 비교하며 새로운 흠집은 없는지 확인한다. 만일 조금이라도 차이가 있으면 트집을 잡아 보증금의 일부를 주지 않는 경우가 허다하다. 내가 프랑스에 살았을 때는 그랬다. 보증인 없는 외국인은 집 구하는 것이 가장 어려운 부분이었다. 친구 이야기로 예를 들었듯 거주 증명서가 없으면 일자리를 구하지 못하고 재직 증명서 없이는 집을 구하지 못한다.

한국은 이런 점에서 프랑스처럼 까다롭지는 않지만 몇십 년째 재개발과 부동산 붐이 변하질 않는 듯하다. 1980년대 만화 중

이희재 작가의 〈새벽길〉이라는 작품이 있다. 연탄을 배달하는 부부의 이야기다. 눈에 넣어도 안 아플 아이들을 재워 두고 부부는 그날도 어김없이 새벽같이 연탄 배달을 나갔다. 그들이 돌아왔을 때 집에는 연탄 냄새가 가득했다. 아이들 이름을 부르며 급하게 방문을 열었지만 아이들은 이미 죽어 있었다. 죽은 아이들을 끌어안고 울부짖는 아버지의 모습이 지금도 생생하다. 만화의 마지막 장면이 눈에 선하다. 아버지는 리어카를 앞에서 끌며 비탈길을 올라간다. 엄마는 연탄 실은 리어카를 뒤에서 밀고 있다. 엄마의 배가 볼록하다. 곧 산달인 모양이다. 그들 뒤로 산처럼 거대한 아파트 단지들이 펼쳐져 있다. 엄마가 아이를 임신했다고 해서, 아버지가 다시 연탄 실은 리어카를 끈다고 해서 희망인지는 모르겠다. 그것은 마치 알베르 카뮈의 〈시시포스의 신화〉 속에서 끊임없이 밑으로 굴러떨어지는 바위를 밀어 올리는 시시포스의 모습과 닮았다.

반나절 만에 7천만 원을 벌었다는 이의 마지막 말이 머릿속에 떠오른다.

"이게 미친 거지. 나야 좋지만 이건 미친 거야. 제대로 된 세상은 아니지."

누구나 빈 몸으로 와서 빈 몸으로 간다.
아무리 가지고 싶어도 아무도 가지고 가지 못한다.
인간은 어떻게 살까에 매달린다.
어떻게 죽을까를 생각한다면
삶이 조금은 달라지지 않을까.

열심히
놀아야 하는 이유

"열심히 살지 마."

진행 중인 작업 회의 뒤풀이에서 A씨가 던진 말에 귀가 번쩍 뜨였다.

"답사 가는 버스 안이었는데, 옆자리 앉은 사람이 내가 이런 책을 썼고, 또 이런 책도 냈고 하면서 자기가 낸 책 이야기를 줄줄이 하는 거야. 물어보지도 않았는데."

"그 작가 이름이 뭔데?"

B씨의 질문에 "몰라. 한 70대였는데, 잘 기억 안 나" 하고 A씨가 대답했다.

"아니 몇 시간을 옆에 앉고 답사까지 같이 갔다며 이름도 기억 못해?"

"먹을 걸 막 주더라고. 달라고도 안 했는데. 나중에 홍삼 말린 거라면서 주는데, 먹다가 안 씹혀서 그냥 뱉었어."

A씨의 대답에 그 자리에 있던 사람들이 웃음을 터뜨렸다.

"바로 그것 때문이야. 자기가 그걸 뱉는 순간 그 사람에 대한 모든 기억을 잃은 거라고."

B씨의 말이 왠지 그럴듯했다.

"어쨌건 정말 열심히 살았더라고, 그 작가. 아, 그런데 그 소식 들었어?"

A씨가 화제를 바꾸며 말을 이어 갔다.

그 자리가 불편해진 나는 일이 있어 먼저 간다고 양해를 구하고 일어섰다. 음식점 문을 열고 나오자 멈췄던 비가 다시 퍼부었다.

"정말 열심히 살았더라고, 그 작가."

A씨의 말이 빗소리에 섞여 환청처럼 들렸다.

'열심히 살았다'는 것은 무슨 뜻일까? 문득 강화로 이사 오기 전 살던 동네의 노점상 할머니가 떠올랐다. 작고 마른 할머니는 도로가에 앉아 채소를 팔았다. 나는 대형 마트에서 식재료를 배달시키지 않고 종종 그분에게서 상추, 작은 콩, 호박 등을 샀다. 때로 날이 더울 때면 지나가다가 시원한 음료를 건네기도 하고, 과일을 사서 집에 오는 길엔 사과, 바나나 한두 개씩 채소 위에 놓고도 갔다. 그냥 지나치기가 왠지 섭섭했다. 그럴 때면 뭐 이런 걸 주느냐고, 너나 먹으라고 하셨다. 그 표현이 '고맙다'는 말 대신이리라.

그 노점상 할머니, 사실 엄마의 친구다. 그러던 어느 날 그분이 며칠째 보이지 않았다. 30년 넘게 비가 오나 눈이 오나, 아파도 일하는 분이었다. 이상하게 생각한 엄마가 그 집에 들렀다. 알고 보니 욕실에서 나오다가 미끄러져 거동을 못하는 상황이었다. 핸드폰도 멀리 있고 꼼짝달싹 없이 넘어진 채로 이틀을 욕실에 있었다고 했다. 엄마가 그 집에 들르지 않았다면 할머니는 이미 저세상 사람이었을지도 모른다.

할머니가 사고로 나올 수 없었던 것처럼 여러 사정과 이유로 동네와 시장에서 옛 노점상이 거의 사라졌다. 동네에서 장사해 오신 분들이 하나둘 떠나고 이제 몇 분 남지 않았다. 재개발이라는 이름으로 몇 달 만에 새 건물이 들어서기 시작했고 사람들은 쫓겨났다. 1970~1980년대 시골에서 올라온 사람들이 정착했던 이 동네는 어느새 투자자의 배만 불리고 가난한 서민은 경계 밖으로 내모는 땅이 됐다. 서울에서 마지막 남은 몇 개 안 되는 오래된 동네 중 하나겠지. 간신히 월세를 내고 사시는 엄마 친구분도 머지않아 동네를 떠나야 할지 모르겠다. 나 또한 언제나 이런 불안을 갖고 살았다. 아무리 열심히 작업을 해도 최저의 최저 임금도 안 나오는 경우가 많다. 그림 그리는 작가들의 현실이다.

골목길을 들어서는데 거대한 아파트 숲이 하늘을 위협하며

서 있었다. 고작 해야 100미터 앞이다. 도로 하나를 사이에 두고 저곳은 신도시요, 이곳은 1980년대 배경 영화 세트장 같다. 주연 배우는 당연히 할머니들이다. 여기를 봐도 저기를 봐도 연세 드신 분들이 도란도란 모여 있다. 집 앞만 나가도 "어디 가?"라는 질문을 인사 대신 수없이 들었다.

더워서 창을 활짝 열어 두는 여름엔 온 동네 사람들의 삶이 내 집 거실 안으로 방 안으로 부엌 안으로 쑤욱 들어왔다. 아이 울음소리부터 부부 싸움, 하물며 앞집 화장실 물 내리는 소리까지. 너무너무 열심히 살아온 이 사람들이 갈 곳은 어디인가? 어차피 하지 말라고 해도 그만둘 것도 아닌 대한민국의 재개발.

나도 모르게 입 밖으로 툭 튀어나오는 말 한마디.

"열심히 살지 마. 열심히 놀아."

안 괜찮은
지 붕

프랑스와 한국에서 수많은 집을 거치며, 줄곧 문만 열면 땅을 밟을 수 있는 집에서 살고 싶었다. 강화에서 꿈에 그리던 지금 집을 발견하고 이사 오기 전, 한 달 정도 집 곳곳을 공사했다. 만반의 준비를 했던 것 같은데도 해마다 공사해야 할 곳이 늘어났다.

　반려견들이 마당에 오줌을 싼 자리에는 잔디가 모두 시들어 버렸다. 비만 오면 마당은 진흙바닥으로 변해 물이 고였다. 결국 마당에 보도블록을 깔고 그 사이를 하얀 모래로 채우기로 했다. 건설 현장에서 일하는 오빠가 와서 마당을 만들어 주었다. 나는 오빠를 도우며 일을 배웠다. 장비만 있다면 다음엔 오빠 없이도 만들 수 있겠다고 생각했다. 반려견 집은 새로 예쁘고 크게 지어 주었다. 비가 와도 편하게 피해 있을 수 있게 방부목으로 넓게 만들었다.

　이젠 지붕 차례였다. 6월 말에 장마가 시작된다고 하니, 장마 전에 반드시 해야 했다. 업자는 요즘 일이 너무 많다고 6월 중 비 안 오는 일요일에 공사를 해 주겠다고 했다. 일요일은 쉬어야 한다고 생각할뿐더러 일요일에 나는 공사 소음은 쉬는 동네 사람들에게 민폐라는 생각에 썩 내키지 않았다. 그래도 일요일밖에 안된단다. 선택의 여지가 없었다. 6월 안으로는 무조건 공사를 하는 조건으로 그에게 계약금을 이체했다.

　공사를 하기로 한 일요일 아침은 공기가 습기를 잔뜩 먹었다. 7시 30분, 노동자 여섯 명이 오기로 했는데 다섯 명이 왔다. 네 명은 공사를 직접 하는 사람들이었고 한 명은 지난번에 계약서에 사인한 업자였다. 공사를 하는 사람들의 얼굴은 햇볕에 그을려 까무잡잡했다. 마당은 그들이 가져온 기계 장비와 지붕 철판, 나무, 사다리 등으로 가득 찼다.

　지붕 위로 올라간 사람들에게 안전장치는 없었다. 나는 안전장치를 해야 된다고 업자에게 말했다. 그는 이보다 더 높은 지붕에서도 안전장치 없이 일한다고 했다. 운동화를 신은 발이 미끄러져 조금만 삐끗해도 추락이다. 운동화 바닥이 특별한 것도 아니었다. 어떤 이는 낡은 운동화였고 바닥도 꽤 닳아 보였다. 지붕 위에서 철판을 자르고 지붕과 허공의 경계선에서 서 있거나 앉아 있었다. 그 모습을 볼 때마다 아찔한 건 나였다. 현기증으로 토할 것만 같았다. 지붕 위 그들 모습을 보면 안 좋은 상상이 나를 위협했다. 언론 뉴스로 보는 노동자들의 사고 소식과 겹쳤다. 대한민국에서 구축하고 지켜야 할 가장 중요한 요소 중 하나가 바로 안전 시스템이라는 생각이 들었다.

하루 만에 지붕 공사를 한다는 사실이 믿기지 않았다. 프랑스인 남편에게는 더욱 그러했다. 더구나 오기로 한 노동자 중 한 명이 덜 왔으니 네 명이 다섯 명 몫의 일을 해야 했다. 쉬는 시간도 거의 없었다. 하루 만에 끝낸 지붕 공사가 내 마음에 들 리 없었다. 그들이 최선을 다했음을 안다. 하지만 디테일을 보는 나는 슬프고 화가 났다. 시간에 쫓기듯 그렇게 일을 해야 할까? 안전장치 없이 그렇게 목숨을 걸고 하루를 살아야 하는 걸까?

아직 일을 마무리하지도 않았는데 장비들은 이미 트럭에 정리한 상태였다. 업자는 내게 공사 후에 남은 쓰레기를 놓고 가겠노라 했다. 고물 장수가 가져갈 거라고 말이다. 철판 쓰레기는 심지어 옆집 마당에 떨어져 있었다. 기가 막힐 노릇이었다. 나뭇가지 하나 옆집으로 넘어가도 자르라고 하는데 그 책임을 내가 질 수 없었다. 그뿐이랴, 처음 계약한 사람보다 적게 올 거라고 업자는 예고하지 않았다. 나는 6인분으로 예약한 밥값을 그대로 치러야 했다. 지붕 마무리 작업도 문제였다. 그들이 급하게 일하느라 인터넷 선을 끊어도 아무 말 하지 않았다. 그런데 업자는 계약금 외의 공사비를 현금으로 달라고 했다. 계약할 때 분명히 계좌 이체를 하기로 서로 합의했던 부분이다. 나는 안 된다고 했다. 그는 온 마을이 떠나가라 소리를 질러 댔다. 본인 나이가 일흔일곱이고 그 나이 먹도록 다른 데 공사할 때 다들 그렇게 하는데 왜 안 되냐며 협박하듯 소리를 질렀다. 나는 그의 폭력성에 몸서리쳤다. 내가 여자라서 이러나 싶기도 했다. 그 와중에 마을 사람이 지나가며 지붕 공사 하느냐고 물었다. 벌써 여덟 번째였다.

프랑스인 남편에게 물었다.

"당신 나라도 집 공사할 때 이래?"

질문하기 전에 이미 답을 알고 있었다. 이전에 프랑스 시부모 집 공사하는 모습을 보았다. 남편이 대답했다.

"이게 뭐야! 마무리도 안 하고 그냥 도망가듯 가고. 특히 안전장치 없이 지붕 위로 올라가는 건 절대 있을 수 없는 일이야!"

속이 상해도 그들이 무사고로 집으로 돌아갔으니 다행이다. 내일도 그들에게 무사고의 행운을 바란다. 이번 주에 비가 온단다. 이젠 지붕 괜찮겠지?

우리는
기계가 아닙니다

식당은 만원이었고, 나는 혼자 찌개가 나오기를 기다리고 있었다. 내 옆 테이블엔 건설 현장에서 일하다 온 듯한 다섯 명의 이주 노동자가 밥을 막 먹으려던 참이었다. 식당 가장자리에 불편하게 앉은 아줌마가 눈에 들어왔다. 나는 망설이다가 아줌마에게 내 쪽으로 오셔서 드시라고 했다. 갑작스레 말을 걸자 조금 놀란 듯한 아줌마는 내 옆 테이블을 보고는 미소를 지으며 괜찮다고 했다.

자기가 태어난 땅을 지키며 머무는 사람들도 많지만 그곳을 떠나는 사람들도 많다. 그들은 왜 고향 땅을 떠날까? 아니 떠날 수밖에 없는 걸까? 이유야 다르겠지만 나는 예술가로서의 내 꿈을 실현하기 위해 스물두 살에 고향과 가족을 떠나 프랑스로 갔다. 스트라스부르 미술학교를 졸업하고 큰물에서 놀겠다며 돈도 없으면서 야심 차게 파리로 올라왔다. 창작에 집중하고 싶었지만 먹고사는 문제가 당장 급했다. 파리의 미술학교인 에콜 데 보자르를 졸업한 프랑스인 친구는 퐁피두 센터에서 전시 지킴이를 했다. 말 그대로 유명 작가들의 작품을 지키는 일로, 어두운 장소에 설치되었거나 괴상한 음향이 나오는 작품일 경우엔 곤욕이었다. 비슷한 연령의 유명 예술가와 유명 예술가를 꿈꾸는 무명 예술가가 같은 공간에 빛과 그림자의 차이로 공존했지만, 보수는 괜찮은 편이었고 점심 식권까지 나오니 자리만 있다면 얼씨구나 달려들 참이었다.

하지만 내겐 그마저도 행운이 따르지 않았다. 나는 퐁피두 센터 광장 앞에 있는 의류 체인점에서 아르바이트를 시작했다. 유학생 자격으로 일주일에 20시간까지 노동할 수 있었다. 가게에는 나 외에 세 명의 정직원과 한 명의 책임자가 있었다. 나를 제외한 그들은 모두 스무 살에서 스물세 살. 파리 외곽 지역인 방리유에 살았다. 그들 사이엔 서열이 있었는데 가게에서 힘들고 귀찮은 일은 무조건 내 차지였다. 나도 외국인이지만, 그들의 부모도 이주민이었다. 프랑스 사회에서 소외 계급인 그들이 오히려 나를 동양인이라고 차별했다. 내가 청소기를 들고 1, 2층을 도는 동안 그들은 음악을 틀고 담배를 피우며 수다를 떨었다.

어느 날 아침 사장 아들이 느닷없이 가게에서 긴급 회의를 열었다. 수익금이 자꾸 사라진다는 이유였다. 돈을 훔친 범인이 누구인지 안다고 했다. 사장 아들은 회의를 마무리하기 전에 누구든 할 말이 있으면 어떤 의견이든 내도 좋다고 말했다. 나는 그 자리에서 가게 안에서 보이지 않는 권력 행사와 부당함, 차별에 대해 이야기했다. 물론 누구라고 지목하지 않았다. 그런데 느닷없이 나를 제일 괴롭히던 직원이 울음을 터뜨리며 가게 문을 박차고 나가 버렸다. 기가 막혔다. 정작 피해자인 나는 가만있는데 왜 가해자가 우는지. 돈을 훔치고 옷을 훔치고 날 못살게 굴던 그는 해고되지 않았다. 일을 그만둔 건 오히려 나였다. 나중에 들은 이야기지만 울고 나간 그 직원은 사장의 조카라고 했다.

아르바이트 마지막 날 옷 가게를 나와 퐁피두 센터를 뒤로하고 전철역으로 향하는데 겨울바람이 매섭게 내 볼을 쳤다. 잔뜩 웅크리고 걷는데 누군가 나를 팍 밀었다.

"랑트레 셰 투아(너희 집에 가)!"

웬 젊은 남자가 날 보며 소리 질렀다. 옆에 있던 그의 친구들이 놀라는 내 표정을 보고 킬킬대고 웃으며 지나갔다. 보통 때 같으면 욕이라도 해 줬을 텐데. 내 모럴과 마음은 지칠 대로 지치고 약해진 상태였다. 나는 왜 이 먼 땅까지 와서 이 고생을 하는가? 예술가가 되겠다고 어렵게 공부해 졸업까지 해 놓고, 이게 뭐 하는 짓인지. 가난이 죄냐? 외국인인 게 죄냐? 여자인 게 죄냐? 여자로, 흙수저로, 외국에선 동양인으로 살면서 차별 때문에 화가 날 때마다 욱 튀어나오려던 이 문장들을 속으로만 곱씹었다.

외국 생활을 오래 하며 얻은 이 소중한 경험은 국내 이주 노동자들에게 소극적이나마 관심을 갖고 이해하는 데 도움을 줬다. 내 나라보다 못사는 나라에서 왔다고, 피부색이 다르다고, 한국말을 잘 못한다고 멸시하고 차별하는 태도는 자기 자신을 스스로 존중하지 않는 것과 같다.

얼마 전 노동 현장에서 사고로 죽은 이주 노동자의 소식을 뉴스로 접했다. 어디 이주 노동자들뿐이랴. 우리는 고 김용균을 기억해야 한다. 미술관 지킴이처럼 그늘 속에 가려진 노동자들은 기계가 아니라 사람이다. 문득 고개를 돌리니 마당의 감나무에 태풍이 지나고 붙어 있는 감들이 주홍빛을 띠기 시작한다. 저 붉어지는 감처럼 온 힘을 다해 매달려야만 살아지는 삶이 아닌 조금 덜 애써도 행복감을 느끼며 살기 좋은 사회면 좋겠다.

마을 인심
참 좋아요

"거기는 시골 텃세 없어요?"

오랜만에 통화를 하게 된 지인에게 강화 시골로 이사 왔다고 했더니 물어 왔다. 전혀 예상하지 못한 질문이었다. 별로 고민하지 않고 대답했다.

"아니요. 우리 마을엔 텃세 같은 거 없는데요. 여긴 도시에서 온 사람이 반, 원래 살던 사람이 반이에요."

몇 년간 시골에서 살았던 그는 텃세 때문에 고생을 한 모양이다. 전화를 끊고 난 뒤 그의 질문이 계속 머릿속을 맴돌았다. 문득 만화가 오세영 선생님 댁을 방문했을 때가 떠올랐다. 십수 년 전 프랑스에서 잠시 한국에 왔을 때 시골에 터를 잡은 선생님 집에 초대를 받았다. 많은 만화가가 모였다. 저녁에는 모닥불을 피웠으니 아마도 한여름은 아니고 9월 중순쯤 되지 않았을까 싶다. 멋진 풍광과 운치 있는 분위기에 나는 선생님께 이런 곳에 사셔서 정말 좋겠다고 말했다. 선생님은 꼭 그렇지만도 않다고 했다. 자세한 말씀은 하지 않았지만 그곳의 텃세가 말도 못한다고 했다.

우리 집은 마을 안에 있으면서도 집 앞이 작은 숲이어서 마치 산속에 사는 듯한 느낌이다. 이사 오고 한 달 뒤 남편은 집과의 경계선에 있는 숲에 들어가 한 평도 안 되게 파를 심었다. 그늘이 져서 잘 자라지도 않았다. 며칠 뒤 동네 어르신이 찾아와 왜 남의 땅에 파를 심었느냐고 화를 냈다. 우리는 죄송하다며 사과했다. 잠시 언성이 낮아진 틈을 타서 어르신이 이 숲 주인이냐고 묻자 그는 먼 친척 땅이라고 했다. 그 숲을 오래전부터 관리해 왔다고 말이다. 숲 관리인은 우리가 숲에 들어오지 못하게 했다. 걷기만 해도 쫓아왔다. 다른 사람은 그 숲을 지나도 아무 말도 하지 않았다. 그는 숲과 우리 집 사이에 그물망을 치고 못을 송송 박은 긴 나무토막으로 경계를 만들었다.

올해 초, 우리는 집 앞마당에 울타리를 쳤다. 반려견들이 마음껏 뛰어놀 수 있도록 하고 싶었다. 그러자 숲 관리인이 다시 찾아왔다. 누구 맘대로 울타리를 치느냐는 것이었다. 당황스러웠다. 내 집도 마음대로 못하는가 싶었다. 화가 난 남편이 언성을 높이려는 것을 내가 제지했다. 이 마을에서 우리가 계속 살 수 있을까 걱정과 후회가 엄습했다.

농사를 짓는 사람들에게는 일요일도 없다. 허리가 기역자가 되고 팔과 얼굴은 햇볕에 그을어 벼를 벤 논처럼 가을 색이다. 햇볕에 노출되니 주름도 도시 사람보다 많다. 이른 아침부터 밭에서 일하는 이들에게 도시 것들은 침략자처럼 보였으리라. 그러나 시간이 지나면서 마을 사람들과 안면을 트고 인사를 하고 지내며 마을에 대해 하나둘 알게 되었다. 우리에게 감을 따서 준 집 아저씨는 숲 관리인의 조카뻘이요, 그 건넛집은 형수 댁이요, 또 건넛집은 당숙 집이요, 또 그 건넛집은 삼촌 집이란다.

올해 여름에는 비도 많이 내렸지만 태풍 때문에 불안했다. 숲에 있는 큰 참나무는 바람이 불 때마다 우리 집 지붕을 내리쳤다. 면사무소에 문의했지만 숲 주인의 연락처를 알 수 없었다. 숲 관리인을 찾아갔지만 숲 주인의 연락처를 알아내지 못했다. 추석이 오기 전 마침내 숲 주인이 나타났다. 벌초를 하러 온 것이다. 그를 만나 사정을 이야기했다. 그런데 알고 보니 그는 숲 관리인의 친척이 아니라고 했다. 숲에 들어와도 된다고 했다. 모기와 뱀이 많으니 숲과 집의 경계에 제초제를 뿌리라고도 했다. 그리고 우리 집으로 넘어오는 참나무는 자르라고 했다.

오후에 당근이와 감자를 데리고 산책을 나갔다. 우리 마을을 지나 건넛마을까지 걸었다. 얼마 전 우리에게 호박을 따 주었던 할머니가 밭에 물을 주고 계셨다.

"안녕하세요, 어르신."

"산책 가? 집에 들어와서 커피 한잔하고 가."

강화에 이사 오고 두 번째 가을을 사는 동안 몇몇 마을 사람들은 우리 인사를 받아주게 되었다. 어떤 이웃은 고구마를 삶았다고 집까지 가져다줬다. 건넛마을을 걷다가 며칠 전 가지를 한 움큼 준 할아버지를 또 만났다. 그는 호박을 준 할머니의 시아주버니다. 내가 마을 인심이 참 좋다고 말하자 할아버지가 대답했다.

"그쪽 마을이 텃세가 제일 없어. 다른 마을에서는 텃세가 심해서 외지 사람들은 못 살아."

할아버지 뒤로 보랏빛 가을 해가 서산으로 넘어갔다. 고개를 돌리니 깊고 적막한 푸른 하늘 위에 동그란 달이 하얗게 떴다. 강화는 아름답다. 강화의 풍경이 어지러운 내 마음을 쓸어내렸다.

사람에게 받은 상처를
간직하지 말라.
나만 힘들 뿐이다.
마음이 힘들 때엔
맛있는 것을 먹거나 걸어라.
집으로 돌아올 즈음엔
삶의 무게가 한결 가벼울 것이다.

숲속의 여우,
나 무 색 다 람 쥐

내가 태어난 집은 산 아래에 있었다. 여섯 살 때까지 그 산에서 사계절을 보냈다. 봄에 언니들은 냉이를 캤다. 나는 진달래를 따먹고 전쟁놀이를 했다. 여름에는 소나무 아래에서 구슬치기를 했다. 가을에는 나무를 하러 가는 언니들을 쫓아다녔다. 겨울에는 산속 냇가에서 얼음을 깼다. 비료 포대를 그 위에 깔고 미끄럼을 탔다. 뒷동산에는 무덤이 있었다. 아무도 찾아오지 않는 그 무덤은 얼음 썰매놀이에 최고였다. 동네 어린이들은 죄다 모였다. 어린 동생을 업고 나온 여섯 살 친구도 있었다. 장갑도 없었다. 겨울 파카도 없었다. 털 부츠가 웬 말인가. 나는 막내 오빠가 신다 물려준 운동화를 신었다. 헐어서 다 떨어져도 창피한 줄 몰랐다. 헌 스웨터 소매로 누런 코를 윤이 나게 닦으며 놀았다. 손이 꽁꽁

얼어 벌게져도 추운 줄 몰랐다. 해가 지는 줄도 몰랐다. 엄마들이 저녁 먹으라고 하나둘 이름을 불렀다.

"개똥아, 소똥아, 말똥아."

아이들은 관심도 없었다. 엄마들은 악을 쓰기 시작했다. 우리는 더 놀지 못해 분하고 아쉬운 마음으로 내일을 기약하며 집으로 뛰어갔다.

나는 겨울을 좋아한다. 추울수록 좋다. 하늘이 파랗고 공기는 맑다. 하얀 눈이 내릴 때는 아이가 된다. 3월부터 11월까지 진드기 때문에 강아지들을 데리고 산에 갈 수 없었다. 진드기 방지 목걸이를 해 주고 약을 발라도 온몸에 들러붙었다. 진드기는 집 안에서도 발견되었다. 결국 산책은 논두렁으로 다녀야 했다. 그리고 마침내 날이 추워져 산으로 갈 수 있었다.

오후 3시, 감자가 낑낑대며 나가자고 보챘다. 물병에 물을 채우고 점퍼를 입는 동안 감자와 당근이는 흥분해서 뛰어다녔다. 감자가 먼저 당근이 귀에 대고 소리를 꽥 질렀다. 때로는 당근이의 뒷다리를 물기도 했다. 당근이도 감자의 귀를 물었다. 당근이가 도망을 가고 감자가 쫓았다. 감자가 도망을 가고 당근이가 쫓기도 했다.

대문을 열었다. 옆집 사는 개가 알아보고 반가워 왈왈 짖어댔다. 이 개는 이름이 없다. 그냥 불리는 게 이름이다. 오리고기 말린 간식을 줬다. 환장을 하며 먹어 치웠다. 건넛집에 사는 손오공이 달려왔다. 오공이는 묶여 있지 않은 개다. 눈이 회색이고 귀가 쫑긋하다. 꼬리는 늘 하늘을 향해 서 있다. 작업실 창으로 보면 손오공은 여기 갔다 저기 갔다 또 금세 다른 데서 놀고 있다. 저러다가 교통사고라도 당하는 건 아닌지 걱정이었다. 다행히 차를 잘 피해 다녔다. 동네 사람들은 손오공이 집 마당에 와서 똥을 싸고 간다고 못마땅해하지만 나는 그런 녀석이 밉지 않았다. 우습고 귀여웠다. 언제부터인가 녀석은 우리를 따라 산에 오르기 시작했다. 끝까지 함께 오르지도 않고 따라오다가 사라지곤 했다. 역시 손오공은 제멋대로다. 온갖 자유는 혼자 누린다.

우리 집 뒤에 있는 진강산에는 소나무가 많다. 솔잎이 가득 쌓인 길은 향이 좋다. 솔잎은 소리를 차단하는 역할도 해서 아늑하다. 지난 1년 반 동안 진강산은 주택단지 개발로 먹혀 들어가고 있다. 입구에는 사람들이 내다 버린 쓰레기가 널려 있고 조금 더 올라가니 접시와 컵, 주방용품이 버려져 있었다. 이곳까지 올라와서 쓰레기를 버리고 간 사람들의 머릿속은 무엇으로 차 있는 걸까?

산에는 무덤이 많다. 햇볕이 잘 드는 곳은 어김없이 죽은 자의 자리다. 멀리 바다가 보이는 멋진 풍경 자리도 마찬가지다. 최근에는 산 중턱 꽤 넓은 면적의 나무들을 자르고 잔디를 심은 것을 보았다. 그 안에 새로운 무덤이 자리 잡고 있었다. 산은 언제부터 개인의 소유가 된 것일까? 언젠가 스위스 레만 호수 길을 따라 걷는데 호수 앞에 들어선 저택들 때문에 길을 계속 갈 수 없었다. 저택 앞부분 호수가 그들 개인 소유라고 했다. 호수도 사고판다는 것을 그때 처음 알았다.

산속을 걷다 보면 당근이는 숲속 여우 같다. 감자는 다람쥐 같다. 당근이는 솔잎색이고 감자는 나무색이다. 먼저 올라간 녀석들이 우리를 기다렸다. 정상에 가까워질수록 경사가 가파르고 바위도 많았다. 무심코 지나쳤던 것들이 다르게 보일 때가 있다. 마음의 문제이기도 하고 햇살 덕분이기도 하다. 매일 보는 바위의 모양과 색은 닮았지만 다르다. 아름답다.

정상에 오르니 마니산이 작게 보였다. 확 트인 풍경이 답답한 마음을 열어 줬다. 산책은 자아와 만나는 축복의 시간이다. 산을 오르는 또 하나의 이유는 저 풍경 때문이리라. 땀으로 등이 축축했다. 늘 낮은 자리에 있던 당근이와 감자도 높이 올라 풍경을 내려다봤다. 냄새를 맡고 바람을 느끼고 환하게 웃었다. 일상에서 산책하는 시간만이 줄 수 있는 작은 행복이다.

좋으니?
너희가 좋으면 나도 좋다.

플라스틱
일 상

찬 바람이 불었다. 발목을 덮는 양말을 꺼냈다. 새것이다. 작년에 신던 것들은 고무 밴드가 헐고 늘어나 자꾸 벗겨졌다. 새것에는 가격표 딱지가 붙어 있다. 딱지는 플라스틱 고리에 제대로 박혀 손으로 잡아당겨도 떼어지지 않았다. 가위로 종이 상표와 플라스틱을 잘라 냈다. 한 손으로도 충분히 쥐어지는 양말 한 켤레에 종이, 플라스틱, 비닐까지 쓰레기가 한 움큼이다.

멍멍 감자가 짖었다. 컹컹 웅장한 소리로 당근이가 흥분하며 감자를 따라 짖었다. 감자는 마당에서 짖어 대고 당근이는 집 안에 들어와 짖다가 나가서 짖기를 반복했다. 나를 부르는 것이다.

"알았어, 기다려."

2층 작업실에 있던 나는 당근이를 안심시켜 보지만 소용이 없었다.

"그만 짖어. 이웃집 아주머니가 싫어해서."

아무리 타일러도 짖었다. 고양이를 보았거나 유기견을 보았으려니 싶었다. 나는 서둘러 계단을 내려 1층을 향했다. 거실 문을 여는데 갑자기 무언가 쿵 하며 육중한 물건이 떨어지는 소리가 들렸다. 나가 보니 사람의 흔적은 없고 상자 하나가 마당에 놓여 있었다. 상자 위에는 '조심하세요. 무거워요'라고 붉은색으로 적혀 있었다.

지인이 택배 배달 일을 1년 이상 했다. 지인은 키가 180센티미터에 덩치가 좋았다. 택배를 시작하고 한 달 뒤 그를 보았는데 많이 말라 있었다. 일이 몹시 힘들다고 했다. 때로 엘리베이터도 없는 건물 10층까지 김치 상자를 배달할 때면 온몸이 아프다고도 했다. 상자를 잘 싸도 냄새가 심한데 김치를 싼 상자가 터지기라도 하면 김치 국물이 입은 옷으로, 때로는 얼굴로 몸으로 쏟아졌단다.

그 말을 듣고 난 뒤부터 택배만 오면 그가 생각났다. 나는 마당에 있는 상자를 들었다. 나도 모르게 "아이고" 소리가 절로 났다. 무거웠다. 책인 것 같았다. 무거운 택배가 배달될 때면 정말 미안한 마음이 든다. 택배 기사를 봤다면 두유라도 하나 건넸을 텐데. 코로나 때문인지 택배 기사는 물건만 놓고 금세 사라져 버리고 없었다. 간신히 상자를 부엌으로 옮겼다. 칼로 비닐 테이프를 그어 열어 보니, 역시나 책이었다.

책을 꺼낸 뒤 상자를 버리기 위해 상자에 붙은 비닐 테이프를 칼로 뜯어내기 시작했다. 종이에 단단히 붙은 테이프는 분리하기가 쉽지 않았다. 주소가 적힌 종이 위에 씌운 비닐도 떼기 시작했다. 이마에 맺힌 땀이 볼을 타고 목으로 흘러내렸다. 분리가 잘되지 않자 짜증마저 났다. 무슨 비닐이 이렇게 많이 붙어 있을까? 분리수거고 뭐고 그냥 버릴걸. 순간 유혹도 생겼지만 남은 비닐 조각 하나까지 남김없이 떼어 냈다.

쌓여 있는 관리비 고지서를 봉투에서 일일이 꺼내 계좌 이체를 했다. 계좌 이체가 끝난 고지서 위에 영어로 OK를 표시하고 한쪽에 뒀다. 주소란에 투명 비닐이 붙어 있는 봉투는 비닐을 따로 떼어 낸 후 분리배출한다. 자동 이체를 하면 종이도 절약되고 내 시간도 절약될 텐데 계좌 이체에 신용이 안 갔다. 예전에 자동 이체를 신청했다가 매달 실제 금액보다 더 많은 금액이 빠져나갔고, 2년 뒤에야 그 사실을 알아차렸기 때문이다.

요즘에는 작업하기가 쉽지 않다. 늘 날씨 탓을 하지만 가을은 너무도 아름답다. 짧기 때문에, 올해 여름 날씨에 지쳤기 때문에 그렇기도 하다. 간신히 마음을 잡고 원고를 쓰는데 감자가 꼬리를 흔들며 작업실에 온다. 내 손을 핥고는 나를 쳐다본다. 시계를 보니 정확하게 오후 5시다. 감자는 살아 있는 시계다. 산책 갈 시간인 거다. "알았어" 하고는 감자와 당근이를 데리고 나갔다.

논두렁으로 조금 걸어가는데 빈 플라스틱 포대와 봉투, 병이 눈에 띈다. 비료 포대, 농약 병이다. 산책에서 집으로 돌아오는 길, 쓰고 버려진 마스크들이 주인의 입 냄새를 간직한 채 뒹굴고 있었다.

거대한 트럭들이 아침부터 저녁까지 강화와 도시를 오가는 모습이 보였다. 논밭, 작은 산 귀퉁이가 잘려 나간다. 일주일, 한 달 사이 어느새 없던 집들이 들어섰다. 외국 드라마에서나 볼 법한 화려한 저택들이 땅에서 봄나물 돋듯 솟아올랐다. 길 옆에 피었던 달맞이꽃들은 짓밟혀 사라졌고 대신 그 자리에는 전원주택 짓느라 쓰다 버린 플라스틱 자재 쓰레기가 쌓였다.

좀 더 '낮고 편리한 일상'을 위해 플라스틱을 만들고 쓰고 버린 플라스틱을 처리하기 위해 에너지를 만든다. 그 에너지를 가동해 지구는 더워지고 인간은 미세 먼지에 시달린다. 더위를 견디기 위해 에어컨을 만들고 미세 먼지를 흡입하지 않기 위해 공기청정기를 만든다. 그것들을 만들고 사용하는 데 필요한 전기를 생산하기 위해 에너지를 또 만든다. 악순환이다. 플라스틱 삶이다.

매일 가는 산책길인데 다르다.
아름다운 자연 속에
인간이 버린 쓰레기가 뒹군다.
환경을 오염시키는 것은 순간이지만
되돌리는 것은
그 몇십 몇백 배의 시간이 걸린다.

그림자를
쫓는 사람

지난겨울, 눈 빠지게 눈을 기다렸다. 눈 같지 않은 눈이 한 번 오더니 겨울은 시시하게 지나가 버렸다.

봄은 애벌레로 가득했다. 한동네에 사는 강아지 콜리 주인은 젓가락으로 꽃나무에서 "아휴, 징그러워" 하며 애벌레를 잡았다. 우리 집 마당에도 바글바글했다. 어떤 것은 너무 커서 소름이 돋았다. 나뭇가지 두 개를 젓가락처럼 잘랐다. 단풍 사이에서 꿈틀대는 애벌레들을 잡아 땅에 내팽개쳤다. 신발로 지끈 밟았다. 녹색 피가 터졌다. 죄책감이 드는 것과 동시에 징그러워서 나도 몰래 "아으" 소리가 흘러나왔다.

이웃집 아주머니는 그렇게 해서 언제 애벌레를 잡느냐고 약을 쳐야 한다고 했다. 우리 집 근처 큰나무 카페에 가던 책방 국자와주걱 언니가 지나다가 애벌레 잡는 내 모습을 보았다.

"뭐 해?"

"아휴, 언니, 약을 쳐야 할까 봐요."

내 말에 그는 약을 쳐서는 안 된다고 했다. 자연이 다 알아서 한다고 말이다. 나는 일단 약을 치지 않고 그대로 두기로 했다. 솔직히 말하자면 생태계를 위해서가 아니었다. 반려견 당근이와 감자가 혹시나 약을 뿌린 나뭇잎, 풀을 뜯어 먹고 아플까 봐 두려워서였다. 벌레 가득한 나무와 꽃은 예상보다 빨리 병들어 죽어 갔다. 장미꽃은 피지도 못하고 봉오리째 누렇게 변했다.

여름이 오고 어느 날부터 갈색 나방이 눈에 띄었다. 한두 마리가 아니었다. 하얀 나비는 보기라도 예쁘지 갈색 나방은 보기에 흉측하거니와 수도 많았다. 햇살이 강하게 테라스를 비춘 날, 당근이는 더워서 시원한 마루에 누워 자는데 감자는 사냥개의 본능인지 테라스에서 나방을 쫓아다녔다. 감자의 발은 빨랐다. 평소에 움직이는 것을 잘 잡는 편이다. 그런데 이번엔 한 마리도 잡지 못했다. 감자는 미친 듯이 나방을 따라 이리 뛰고 저리 뛰었다. 여전히 잡지 못했다. 당연했다. 나방의 그림자를 쫓고 있었기 때문이다. 나방은 감자 머리 위로 유유자적 날았다.

"감자야, 머리 위를 봐. 나방은 네 머리 위에 있어."

아무리 말해도 감자는 나방의 그림자만 쫓았다.

나는 고등학교 3학년이 되어서야 미대 입시를 준비하기 시작했다. 홍대 앞에 있던 미술 학원에 갔다. 또래 친구들은 2, 3년째 미술 학원에 다녔기 때문에 입이 떡 벌어지게 석고상을 잘 그렸다. 나는 학원에서 오른쪽에서 왼쪽으로 위에서 아래로 또 사선으로 몇 시간이고 몇 날이고 선 긋기만 했다. 선 긋기 과정이 끝나니 석고로 만든 입체도형을 그렸다. 명암을 이해하고 배우기 위해서였다. 이후 각진 아그리파 조각상을 거쳐 부드러운 아그리파상 그리는 연습을 했다. 선생님은 내 선에 망설임이 없고 힘이 있다고 했다. 금방 그림이 늘 스타일이라고도 했다. 문제는 내가 그린 아그리파 석고상의 형태가 매번 정확하지 않다는 것이었다. 보이는 대로 형태를 잡았기 때문이다. "눈은 우리를 속인다"라며 선생님은 내게 눈으로 재지 말고 연필로 재서 그리라고 했다.

혼란스러웠다. 보이는 것을 믿지 말라니. 내가 보는 저 하늘의 파란색이 파란색이 아니고 노란 바나나가 노란색이 아니라고? 다른 친구들은 선생님이 시키는 대로 했다. 다만 나는 청개구리 성격이 있다. 가지 말라고 하면 가고 싶고 하지 말라고 하면 더 하고 싶다. 내 안의 반항심이 나는 할 수 있다는 것을 증명해 보이고도 싶었다. 한편으로는 감각을 키우고 싶다는 생각도 했다. 연필로 재지 않고도 정확히 그리는 감각 말이다. 그러나 그 어떤 열망보다도 대학에 가는 게 우선이었다. 멋지고 개성 있는 그림보다 정확한 형태와 구도, 입체감이 중요했다. 내 부질없는 반항심은 대학 입학을 위해서 깨끗이 포기해야 했다.

오후 햇살이 테라스에 긴 그림자를 만들었다. 감자는 여전히 그림자를 쫓고 있고 나는 큰 소나무 아래 앉아 있었다. 나무 아래 있으니 아무리 멋진 나무여도 나무를 볼 수가 없구나. 적당한 거리에서 보이는 옆집 소나무는 훨씬 작지만 그 모양과 색을 볼 수 있다. 아무리 아름다운 나무이고 적당한 거리에 있어도 또한 마음이 없으면 보지 못하리라.

내가 석고상을 눈으로 측정한 것이 정확하지 않았듯 진실이라고 믿었던 것들이 진실이 아닐 수도 있다. 언젠가 그것을 깨달았다고 해도 남의 눈이 신경 쓰이고 내가 그르다는 것을 인정하고 싶지 않아 모른 척할 수도 있다. 마음의 문제다.

나도 혹시 감자 같지는 않을까? 인간에게 나방은 무엇이며 그림자는 무엇일까? 명예인가? 성공인가? 돈? 명성? 야망? 나방을 잡으려면 고개를 들어야 하고, 숲을 보려면 내 숲에서 나와야 한다. 나는 여전히 그림자를 쫓고 있지는 않은가?

너는 그림자를 쫓고
나는 너를 쫓는다.

시골
우체국 풍경

강화 온수리에서 점심을 먹고 우체국에 들렀다. 10분이면 되겠지 싶었다. 월요일이라 그런지 택배를 보내는 사람들로 붐볐다. 번호표를 뽑고 외국으로 보낼 책을 포장했다. 국제우편 발송 종이에 국내 주소를 영어로 썼다. 옛 지번주소와 도로명주소를 다 적었다. 길었다. 주소를 칸에 맞추어 쓰는 데 실패했다. 이번엔 영문 철자를 다닥다닥 붙여 썼다. 두 번째엔 성공했다. 주소 쓰고 포장하는 데 시간이 너무 많이 걸려 내 차례가 지나 버렸다.

　나보다 먼저 국제우편을 접수하는 할머니가 있었다. 우체국 직원 앞에 선 할머니는 모든 게 더뎠다. 직원이 물었다.

　"안에 든 게 뭐예요?"

　"별거 아니야. 뭐 액젓하고 참기름 그런 거."

"할머니, 이거 캐나다에 도착하려면 시간이 오래 걸릴지 몰라요."

"얼마나?"

"보통 때보다 더 오래 걸려요."

"그래도 보내. 제일 빨리 가는 걸로. 코로나 때문에 우리 딸한테 김치도 못 보내고 에휴…."

직원이 대답했다.

"할머니, 30만 원 나왔어요."

할머니의 뒷모습을 보며 엄마가 떠올랐다. 20년 전 내가 파리에 살 때다. 어느 겨울, 엄마는 김장을 했다고 파리까지 김치를 보냈다. 며칠 안으로 도착한다던 김치는 일주일하고 하루가 지나도 도착하지 않았다. 우체국에 문의해서 간신히 찾아온 김치 상자는 국물이 터져 너덜너덜했다. 김치는 몇 겹의 비닐에 싸여 스티로폼 상자에 담겼고 다시 우체국 상자로 포장되어 있었다. 그런데 세관에서 검사하려고 그랬는지 칼로 찢은 자국이 있었다. 배송 가격을 보니 60만 원 가까이 되는 금액이었다. 세상에! 배보다 배꼽이 크다는 말은 이럴 때 쓰지 싶었다. 김치가 아니라 금치였다. 엄마 모습이 눈에 선했다. 신경이 예민한 엄마는 밤에 한숨도 못 잤으리라. 해도 뜨기 전에 일어나서 무거운 김치 박스를 끌고 새벽같이 우체국으로 갔을 터다. 추위에 떨며 우체국 문이 열리길 기다리다가 가장 먼저 들어갔으리라. 그러고는 말했으리라.

온수리 우체국에서 만난 할머니처럼.

"제일 빨리 가는 걸로 부쳐 주쇼이."

나에게 김치가 도착했다는 소식이 오기만을 눈 빠지게 기다리며 혹시나 딸에게 안 갈까 봐 밤잠을 설쳤으리라. 김치를 받자마자 엄마에게 전화를 했다.

"뭐 하러 보냈어!"

그냥 잘 먹겠다고 하면 될 것을, 못된 언어가 입에서 쏟아지기도 전에 나는 후회했다.

"이딴 거 보내지 마."

엄마가 힘들까 봐 하는 내 걱정은 왜 늘 삐딱하게 표현되는지 스스로에게 짜증이 나는데도 또 반복하고 후회한다. 엄마는 내 전화에 타박 한마디 없었다.

"김치 받았당게 인자 한숨 놨다. 잠 푹 자겠네."

멀리 사는 자식을 걱정하는 노모들의 모습은 닮았다. 요즘에는 캐나다처럼 이주 한인이 많은 곳이라면 아시안 마트 등에서 액젓과 참기름 같은 한국 식재료를 쉽게 구할 수 있다. 할머니는 딸이 사는 동네에는 생강도 마늘도 양파도 없는 줄 아는지. 아니면 알면서도 자식이 굶을까 봐, 자식에게 먹이고 싶어서 있는 것 없는 것 바리바리 싸서 보낸다.

강화 도장리 면사무소 앞에는 온수리 우체국보다 작은 우체국이 있다. 온수리보다는 한적해 이 우체국을 더 선호하는 편이다. 도장리 우체국에 가는 또 다른 이유가 있다. 까미 때문이다. 까미는 개다. 우체국 건너편 슈퍼의 할머니가 주인이다. 지난봄에 까만 강아지가 그곳에 왔다. 강아지는 도로변에 매여 있었다. 목줄이 짧아서 잘 움직이지도 못했다. 도로로 엄청나게 큰 공사 트럭들이 줄을 지어 땅을 흔들며 덜컹거리고 질주했다. 강아지는 무서워서 바들바들 떨었다. 강아지에게는 이름이 없었다. 나는 할머니의 허락을 받고 이름을 붙여 주었다. 조심스레 다가가 손을 내밀었다.

"안녕, 까미."

까미는 내 손 냄새를 맡았다.

날이 추워져도 까미는 여전히 밖에 있었다. 할머니가 까미에게 들어가라고 놓아둔 개집은 너무 작았다. 나는 예전에 당근이가 쓰던 예쁜 분홍색 개집을 닦아 까미에게 주려고 가져갔다. 그리고 할머니를 설득해 까미를 도로에서 떨어진 곳으로 옮겼다. 할머니는 낡은 스웨터를 가져와 까미의 새집에 깔아 주었다. 겨울비가 내리던 날 우체국 가는 길에 까미를 보러 슈퍼에 들렀다. 까미는 밖에서 비를 맞고 있었다. 집에 들어가라고 해도 도통 들어가지 않았다.

영하 20도. 칼바람에 눈발이 얼굴을 때렸다. 도장리 우체국에 다녀오는 길이었다. 슈퍼 할머니가 까미의 집을 다시 옮긴 모양이었다. 바람이 덜 가는 이웃집 담장 아래 밭 한 귀퉁이에 분홍색 집이 보였다. 그 위로 비나 눈이 조금 덜 들이치라고 나무 판으로 가려 놓았다. 까미는 안에 들어가 눈 내리는 풍경을 보고 있었다.

생애 첫 겨울,
하늘에서 쏟아지는 하얀 눈꽃송이를
처음 먹어 본 까미는
다음해 여름 몹시 더운 날
별이 되었다.
하늘에서 흰 눈꽃이 내릴 때면
네가 떠오른다.

그래픽 노블이 뭔가요

"그런데 그래픽 노블이 뭔가요?"
10년 전 프랑스에서 돌아왔을 때 받은 질문을 재작년에도, 작년에도, 올해도
매년 받는다. "그림이 있는 소설 같은 만화인가요" 하고 묻는 사람도 있다. 한
국 사람들에게 '그래픽 노블'이라는 용어는 아직도 생소하고 낯선 듯하다.

파리에 거주할 당시 윌 아이스너의 〈신과의 계약 A Contract with God〉을
구입해서 읽었다. 1978년에 미국에서 출간된 이 책은 표지에 제목과 함께
'그래픽 노블'이라고 쓰여 있었다. 그래픽 노블이라는 용어를 왜 표지에 넣었
는지 조금은 의아했지만, 검은 붓으로만 그린 그의 날카로운 그림에 감탄하
며 페이지를 넘겼다.

윌 아이스너는 그래픽 노블을 재조명한 사람이다. 10년 전에는 한글로 된 그
래픽 노블 관련 정보를 찾기 어려웠다. 윌 아이스너와 그래픽 노블을 인터넷
에서 검색해 보니 이제는 한글로도 잘 정리돼 있다. 다만 미국과 유럽, 한국
의 그래픽 노블에 대한 개념이 조금씩 다른 것 같다. 국내에서는 주로 자전적
인 이야기나 사회적 이슈의 서사를 개성 있게 그려 낸 출판 만화책을 그래픽

노블로 인식하는 듯하다. 내가 만난 프랑스 만화가들은 그래픽 노블이든 방드 데시네('만화'를 뜻하는 프랑스어)든 명칭은 별로 중요하게 생각하지 않았다. 그건 아마도 프랑스에서 만화가 '제9의 예술'로 독자들 사이에 단단히 자리 잡고 있기 때문이 아닐까 싶다. 국내에서는 그래픽 노블로 분류되고 프랑스에서는 방드 데시네인, 탁월한 컬래버레이션으로 태어난 만화 중에서도 〈피카소〉 작가들과의 만남을 소개해 본다.

2018년 나는 부천국제만화축제에서 열린 전시, 만화 〈피카소〉의 큐레이터를 맡았다. 전시를 준비하기 위해 그해 봄 시나리오 작가 쥘리 비르망과 클레망 우브르리를 만나러 파리에 갔다. 나는 쥘리에게 왜 20대의 피카소에 대한 시나리오를 쓰게 됐는지 물었다.

20세기의 위대한 화가 피카소에게도 스무 살이 있었다. 스무 살 때 그는 파리에 이민 온 가난한 스페인 청년으로 프랑스어를 하지 못했다. 시인들과 친구로 교류하며 시를 통해 프랑스어를 배운 그는 후에 세계에서 가장 유명한 예술가가 됐다. 그를 알았던 많은 사람은 그에 대한 회고로 '나와 피카소'라는 제목의 책을 쏟아 냈고 친하지 않았어도 가장 친했던 것처럼 과장했다. 그들 대부분은 남성이었는데 쥘리는 그들에 묻혀 잊힌 여성, 페르낭드에게 관심을 가졌다. 피카소는 페르낭드의 존재가 세상에 알려지는 것을 막으려 애썼다. 그는 피카소의 진실을 알고 있었기 때문이다. 페르낭드는 피카소의 가장 지질했던 순간을 함께한 인생의 동반자이자 모델이었다. 피카소는 자신이 비밀에 싸인, 전설적인, 태생부터 위대한 천재 예술가로 각광받고 싶어 했다. 지질했던 모습을 세상 사람들이 알기를 원하지 않았다. 바로 그런 점이 흥미로워 시나리오를 쓰게 됐다고 했다.

만화 〈피카소〉 그림을 그린 클레망을 만나기 위해 파리 몽마르트르 근처에 위치한 그의 작업실에 갔다. 〈요푸공의 아야〉가 클레망의 첫 만화다. 피카소에 대한 작업은 각 칸을 하나의 그림처럼 따로 목탄으로 그렸다. 클레망이 이렇게 작업한 이유는 20세기 초 화가들이 모델을 그릴 때 흔히 사용하던 재료였기 때문이다. 나는 만화가가 되기를 꿈꾸는 학생들에게 무슨 말을 해 주고 싶냐고 물었다.

"그림을 그릴 줄 알아야 한다. 요즘은 프랑스도 마찬가지지만 만화 학교가 있다. 너무 충격적이다. 작가여야 한다. 하고 싶은 이야기가 있어야 한다. 예술을 배워야 한다. 만화는 학교에서 배우는 것이 아니라 스스로 터득하는 것이다."

한곳에 머무르며 안주하기보다 끊임없이 시도하는 예술가의 노력하는 모습은 얼마나 아름다운가. 좋은 작품은 시간이 지날수록 빛이 난다는 것을 믿는다. 작품성에 집중해야 하는 이유이기도 하다. 그래픽 노블이든 코믹스든 방드 데시네든 웹툰이든 다 만화다. 중요한 건 얼마나 치열하게 작업했는가다. 작품은 거짓말을 하지 않기 때문이다.

엄마, 아무 걱정하지 마세요

"하루 사이 모든 게 무너져 버렸다. 아버지가 뇌졸중으로 쓰러지셨다."
지인이 페이스북에 올린 글을 보며 이제는 얼굴마저 까마득한 아버지와 그
러지 말래도 늘 자식 걱정으로 잠 못 이루는 엄마가 떠올랐다.

프랑스 미술학교 4학년에 재학 중일 때였다. 새벽 4시쯤 되었을까. 전화가
왔다. 뜻밖의 시간에 오는 전화는 십중팔구 반가운 소식이 아니다. 엄마였다.
아버지 건강이 안 좋다고 했다. "내가 한국으로 들어가야 할까?" 하는 질문
에 "그래야 될 것 같다" 하셨다. 당신의 약한 모습을 보이면 행여 떠나는 자
식의 마음이 힘들까 봐 유학 가는 날 공항까지 배웅하지 않았던 엄마였다.
딸은 밖으로 내돌리는 거 아니라는 아버지를 설득하려고 여러 날을 단식투
쟁한 분이었다. 유학 기간 전화도 거의 없던 엄마의 짧은 답변은 아버지 상태
가 심각하다는 걸 의미했다.

파리에서 김포공항으로 향하는 비행기에 올랐다. 아버지에 대한 기억을 더
듬어 보았다. 아버지와는 대화를 나눠 본 적이 별로 없었다. 아버지의 인생
에 대해 아는 것이 거의 없었다. 쉰 가까이 되어 나를 낳았다. 연세가 많아서

아빠라고 부르기가 어려웠다. 아부지라 불렀다. "아부지 진지 자셔야제" 하며 존대와 반말이 섞인 괴상한 말을 했다. 그런 당신에 대한 애틋함은 엄마의 그것과는 다른 종류다. 친구들의 젊은 아빠는 잘 다린 양복에 가르마를 탄 머리를 기름으로 매끈하게 넘긴 모습으로 회사에 다녔다. 내 아버지는 점심도 굶어 가며 건설 현장에서 일한 돈을 모아 가족을 부양했다. 책 산다고하면 구들장 아랫목에 숨겨 놓은 돈을 은밀히 꺼내 주곤 했다. 그때마다 돈보다 돈을 내미는 노동으로 거칠어진 손이 눈에 먼저 들어왔다. 가슴이 먹먹했다. 하지만 너무 어렸던지라 금세 잊곤 했다.

6학년 때는 나이키 운동화가 유행했다. 70명 반 아이들 중 3명 정도가 신었을까. 헌 운동화와 친구의 나이키를 번갈아 보며 한없이 부러워했다. 그런 딸의 마음을 알았을까? 어느 날 아버지는 나를 데리고 시장에 갔다. 성격 급한 아버지는 저만큼 걷고 나는 뒤따라가기 바빴다. 돌아오는 길, 내 발엔 나이스가 신겨 있었다. 나이키의 짝퉁이지만, 생전 처음 아버지가 사 준 신발이라어린 마음에도 소중했다. 이후 대학 입학 선물로 빨간 등산화를 사 주었다. 나는 그 등산화를 지금도 간직하고 있다. 오래 신어 몹시 헐었지만, 빨간색은제법 여전하다.

집에 돌아오는 건 2년 만이었다. 아버지는 말라비틀어진 나무젓가락처럼 뻣뻣하게 누워 있었다. 아무도 알아보지 못하고 눈도 깜빡하지 못했다. 그래도 아버지와 말은 할 수 있을 줄 알았는데…. 눈앞이 온통 흐려 오고 순식간에뜨거운 눈물이 볼을 타고 흘렀다.

"아버지 죄송해요. 늦게 와서 죄송해요…."

아버지는 내가 돌아온 지 일주일 만에 눈을 감았다. 삼일장에 오신 분들께 막걸리를 내가는데 "아이고, 네가 유학 갔다던 딸이구나! 네 아버지가 널 얼마나 자랑스러워했는지 모른다. 하루는 네가 프랑스에서 초콜릿인지 사탕인지 보내왔다고 먹어 보라고 가져왔더라. 네가 그 딸이로구나" 하며 아버지 친구분들이 나를 알아보셨다. 단 한 번도 딸 앞에서 그런 내색을 한 적이 없는 아버지였다. 1997년 겨울 그렇게 아버지를 떠나보냈다.

동네 빵집에서 글을 쓰는데 친근한 얼굴이 창밖에서 나를 보고 웃었다. 엄마다. 핸드폰을 보니 아침 11시 반. 한 시간 정도 더 작업해야 하는데…. 엄마에게 무얼 마시겠냐고 물었다. 다 싫단다. 아흔을 앞둔 나이. 밥맛도, 드시고 싶은 것도 없다. 내가 일을 하는 동안 엄마는 기다렸다. 집중이 될 턱이 없었다. 결국 포기하고 "점심 드시러 가세 엄마" 하고 일어서는데 나도 모르게 "아이고" 소리가 나왔다. "엄마나 나나 같이 늙어 가는 처지네. 엄마는 내가 있지만, 난 늙으면 누가 있나" 했더니 "내가 있지" 하신다. "왜? 엄마 이백 살까지 사시게?" 했더니 "그래" 하신다. 엄마를 부축하며 걷는다.

"매일 기도해. 자는 듯 가게 해 달라고. 자식들에게 짐 안 되게 해 달라고."
"엄마, 걱정하지 마세요. 그렇게 될 거야."
"그라까?"
아버지한테는 못했던 말, 다시 살아 오신대도 어려워서 못할 말.
"우리 엄마, 사랑해."
기역 자로 굽은 엄마의 허리를 꼬옥 안는다.

이 이야기와 함께 읽기 좋은 책

〈아버지의 노래〉 보리출판사, 2013년 출간

〈아버지의 노래〉는 작가의 자전적 작품으로, 프랑스에 자리 잡은 구순이 집에 나이 든 엄마가 찾아와 이야기를 주고받으면서 과거의 기억을 떠올리는 구조로 이루어져 있다. 떠날 수밖에 없었던 한국을 되돌아보는 구순이의 기억을 따라가다 보면 1980년대 한국 사회 모습이 한눈에 보인다. 한 반에 60~70명이나 되는 학생을 가득 채운 학교, 성적과 대학 입시로 학생들과 학교를 다그치는 사회, 돈이면 뭐든지 되는 물질 만능주의 세상, 하루아침에 낡은 것들이 부서지고 새로운 건물로 탈바꿈하던 1980년대 한국의 모습을 고스란히 담고 있다.

그때의
가족,
지금의 가족

이야기 둘

꽃보다
감 자

남쪽에는 매화 지고 벚꽃 올라온다는데 북쪽이어서 그런가? 강화에는 아직 매화도 피지 않았다. 우리 마을은 앞집 노란 산수유 꽃이 제일 먼저 봄을 알려 주었다.

강화의 봄은 바쁘다. 겨우내 집에 있던 사람들이 새벽부터 일을 나갔다. 땅을 덮고 있던 검은 비닐을 벗겨 내고 땅속에 남은 들깨 뿌리를 뽑아 밭가로 던졌다. 한쪽에서는 마른 잎과 나뭇가지를 모아 태웠다. 우리는 작년에 가꾸었던 텃밭을 올해는 쓰지 못하게 되었다. 집에서 가깝지는 않았지만 당근도 심고 감자, 비트, 완두콩도 심어 먹었는데 아쉽다.

부지런한 앞집 부부는 돌담을 쌓느라 이른 아침부터 돌을 날랐다. 매일매일 집이 예뻐진다. 나뭇가지를 정리하고 잔디밭의 잡초를 뽑았다. 잔디는 심기만 하면 되는 줄 알았다. 끊임없이 잡초가 잔디를 비집고 올라온다. 우리 집 잔디는 뽑지 않은 잡초에 매몰되어 거의 사라졌다. 그나마 남아 있던 잔디는 강아지들이 하도 오줌을 싸서 다 시들어 버렸다. 그에 비해 앞집 잔디는 고르다.

앞집은 고라니가 산에서 내려와 밭을 헤집고 농작물을 망쳐 놓아서 밭가로 울타리도 쳤다. 자로 그은 듯 반듯했다. 나는 이웃의 부지런함과 완벽함에 감탄했다. 나는 집안일에 그리 부지런하지 못하다. 낙엽이 쌓여도 그냥 두고 나뭇가지가 자라도 그냥 두고 벌레가 장미꽃을 다 갉아 먹어도 그냥 뒀다. 그나마 있던 꽃들은 새순이 올라올 무렵 강아지들이 뛰어다녀서 다 뭉개졌다. 그래도 꽃보다 우리 강아지들이 먼저다.

옆집 개 엘리의 주인도 마당 들어가는 한쪽 입구에 꽃밭을 만든다고 열심히 흙을 골랐다. 엘리가 옆에서 꼬리를 흔들며 주인을 응원했다. 두 부부가 얼마나 정성스레 꽃밭을 정리하고 가꾸는지 모른다.

닭장에 갔던 남편이 돌아온 줄도 모르고 나는 시골의 아침을 만끽했다. 남편은 기분이 좋아 보였다. 이유를 알았다. 텃밭을 얻었단다. 그것도 우리 집 바로 옆이란다. 재주도 좋다. 삽을 들고 다시 나가는 남편을 따라갔다. 마침 텃밭을 빌려준 할아버지가 밭에 있었다. 빌려줬다는 두 고랑을 봤다. 맨 가장자리에 그늘이 져 있었다. 햇빛이 잘 안 드는데 텃밭이 잘될까 하는 의문이 생겼다. 내가 할아버지에게 해가 잘 드는 쪽 고랑을 하나 더 빌려 달라고 하자, 할아버지는 잠시 머뭇거리더니 쾌히 좋다고 했다.

할아버지에게 우리 닭이 방금 애써 낳은 달걀 몇 개를 줬다. 할아버지는 이빨로 껍데기를 톡톡 깨더니 날것으로 후루룩 마셨다. 그러고는 우리 집 감나무를 보며 가지를 잘라 줘야 한단다. 지난가을, 감이 많이 열렸지만 비 내리고 이틀 사이 몽땅 땅으로 떨어져 으깨져 버렸다. 감나무에 벌레도 너무 많았다. 할아버지는 가지를 안 잘라 줘서 감이 견디지 못하고 떨어진다고 했다. 전지를 해야 한다고 했다. 내가 사다리를 잡고 남편이 할아버지 지시대로 감나무 가지를 자르기 시작했다. 할아버지는 "더, 더"를 외쳤지만 남편은 몇 군데 자르다 포기했다. 전지하는 것도 해보지 않은 이에게는 어렵다. 내가 감나무에 올라가서 한다니까 못하게 했다. 감나무 가지는 약해서 쉽게 부러진단다.

점심을 먹고 남편과 감자를 심으려고 씨감자 박스를 테라스로 가져왔다. 씨감자에는 벌써 눈이 꽤 솟아 있었다. 눈이 난 쪽을 중심으로 사등분하라고 했다. 난 여태 한 번도 눈이 난 감자를 잘라 본 적이 없다. 씨감자를 막 자르려고 하는데 동네책방 현숙 언니가 지나갔다. 현숙 언니만 보면 꼬리가 떨어지도록 흔드는 강아지 감자가 좋아 날뛰었다. 언니가 마당으로 들어왔다.

"언니, 커피 마실래요?"

안으로 들어가 커피를 가져오는 사이에 씨감자는 심기 좋게 잘려 있다. 강아지 감자는 언니랑 놀자고 옆에서 언니의 치마를 물며 잡아당긴다.

언니는 집에 가는 길이라며 밭까지 따라왔다. 밭 옆 나무에 꽃이 피었다. 벚꽃 같았다. 예쁘다. '너무'라는 표현이 흔해서 잘 안 쓰려고 하는데 너무 예쁘다. 꽃이 영원하다면 이토록 소중할까? 꽃이 지지 않는다면 이토록 설렐까? 이토록 안타까울까?

나는 씨감자를 심으려고 뒤를 돌아봤다. 그 사이 언니와 남편이 밭 끝자락에 가 있었다. 꽃에 넋이 나가 있는 동안 언니와 남편은 벌써 감자를 다 심기까지 했다. 언니는 손이 정말 빠르다.

오후에 강아지들과 산책하는 길에 밭에서 일하는 마을 사람들이 눈에 띄었다. 무얼 심느냐고 물었다. 감자를 심는단다. 마을 전체가 감자만 심는 것 같다. 하긴 며칠 전 감자를 사러 농협에 갔다 놀라 뒤로 자빠지는 줄 알았다. 감자 세 개에 팔천 원이었다.

저녁 무렵, 봄비가 촉촉하게 내리기 시작한다. 우리 마을 감자 농사가 잘되겠다.

찬란한 봄꽃 아래
너희는 고개를 쳐든다.
냄새를 맡는다.
논다. 잔다. 웃는다.
너희가 좋다.
먹는 감자, 당근 말고
나의 가족, 감자와 당근이.

목단의
추억

선생님이 새로 왔다. 총각 선생님이다. 5학년 2반 담임이 되었다. 세상에, 우리 반이다. 첫날, 교실 문이 열리고 단정하게 빗어 넘긴 까만 머리에 하얀 와이셔츠의 남자가 교실 안으로 성큼성큼 들어왔다. 마치 햇살이 걸어 들어오는 듯 눈이 부셨다. 광주에서 왔다고 했다. 낮은 어조의 조용하지만 단호한 목소리였다. 그의 예리하지만 선량한 눈동자가 내게 머물렀을 때 숨이 멎을 것만 같았다. 그의 입꼬리가 살짝 올라갔다. 순간 심장이 심하게 방망이질을 시작했다. 얼굴이 화끈거렸다. 내가 왜 이러지? 바람이 심했던 지난 일요일, 쑥 캔다고 뒷동산에 올라가 하루 종일 쭈그리고 앉아 있었던 게 무리였나 보다. 틀림없이 그때 감기에 걸린 게다. 감기 걸린 게 창피했다. 들킬까 봐 선생님의 눈빛을 피해 재

빨리 고개를 옆으로 돌렸다. 짝꿍 애경이가 보였다. 애경이 얼굴이 벌겠다. 내 앞에 앉은 미자도, 그 앞에 앉은 순심이도 모두 고개를 떨구고 있었다.

그날부터 학교 가는 것이 제일 즐거웠다. 밤이 그렇게 길게 느껴질 수가 없었다. 때로 아부지와 엄니가 산에 나무를 하러 가면 동생을 돌봐야 했다. 그런 날은 학교에 갈 수가 없었다. 짜증이 나고 속이 상했다. 동생이 똥을 쌌는지 울어 댔다. 포대기를 풀고 방에 눕혔다.

"이 가시나야, 니 땜시 나가 핵교도 못 가고이, 니는 똥까지 퍼 싸 놓고 뭐 잘했다고 울고 난리냐?"

똥오줌으로 범벅된 천 기저귀를 빼내는데 동생이 발길질을 했다. 동생 발에 묻은 누런 똥이 내 손을 스쳤다. 엄마 젖만 먹고 사는 애가 웬 똥 냄새가 이리 진한지. 똥을 닦아 내고 새 기저귀를 채워 다시 업었다. 그러고는 마당을 왔다 갔다 하며 동생을 재웠다. 해 질 무렵, 나무를 등에 가득 실은 아부지, 엄니의 긴 그림자가 마당에 들어섰다.

선생님이 자취하는 집 마당에는 목단 밭이 있었다. 두 줄씩 40그루 정도 심은 목단 사이로 사람이 지나갈 수 있게 통로를 만들어 놓았다. 5월, 자주색 목단이 봉오리를 열고 활짝 피기 시작할 무렵 선생님이 뜬금없이 나를 불렀다.

"야야."

나는 놀라 말을 더듬으며 물었다.

"지, 지요?"

아이들이 선생님과 나를 번갈아 보았다.

"도둑질하다 걸린 거 맹기로 뭘 고로코롬 놀란다냐? 니, 내일부터 우리 자취집 목단꽃 잔(좀) 끊어다가 선생님 책상에 꽂아 둔나."

나는 그날 이후 아침 학교 가는 길에 선생님 자취집에 들렀다. 초록색 잎 위로 목단이 피어난 풍경은 마치 꿈같았다. 자줏빛 비단결의 목단을 잘라 학교로 가는 길에 애경이를 만났다. 미자와 순심이도 만났다. 그 아이들은 나를 째려보고 목단을 째려보기를 반복했다. 저들이 아닌 내게 그런 심부름을 시켰다고 시샘하는 게 분명했다. 유리병에 물을 채워 꽃을 꽂고 선생님 책상 위에 놓았다. 눈을 감고 코를 가까이 대고 흡입하듯 냄새를 맡았다. 목단 색처럼 진한 그 향기에 머리가 핑 돌고 정신이 아찔했다.

"언니, 그래서 그 선생님하고는 어떻게 됐어?"

첫사랑 이야기에 설레는 아이처럼 내가 물었다.

"그게 끝이야. 선생님은 다른 반 담임이 되었고 나는 중학교에 갔지."

"그게 다라고?"

괜히 내가 더 아쉽다.

마당에 핀 목단 사진을 찍어 언니에게 메시지로 보냈다. 언니는 건강이 좋지 않다. 언니를 위로할 겸 꽃구경하라고 사진을 보냈더니 당장 전화가 왔다.

"야, 너무 이쁘다. 목단만 보면 초등학교 때 우리 담임 선생님 생각이 나. 니, 목단에 얽힌 내 추억 한번 들어 볼래?"

전화 끝으로 들려오는 언니의 목소리에 흥분과 그리움이 물씬 묻어 있었다. 그렇게 목단에 얽힌 언니의 추억을 들었다. 선생님에게 꽃을 주려고 목단 밭에 서 있었을 나의 애틋한 어린 언니를 그려 봤다. 무슨 드라마나 어느 옛 소설에서나 있을 법한 이야기다. 언니 생각을 하니 나도 모르게 "풉" 하고 웃음이 났다. 너무나 착한 우리 언니. 동생들을 업고 키운 우리 언니다. 강화에 한번 놀러 오라고 해도 몸이 아프니 집 밖에 나가는 것도 일이다.

며칠 전, 언니의 모교에서 내게 강연 요청을 했다. 언니에게 소식을 전하자 언니는 뛸 듯이 좋아했다. 언니도 가고 싶대서 그럼 같이 가자고 제안했다. 그랬더니 엄마도 가시고 싶단다. 아픈 두 사람을 모시고 거의 땅끝까지 차를 몰고 가게 생겼다. 그래도 좋다. 아버지가 손수 지은 고향 집에도 가 보고 마을 길도 걸어보고 우리 집 뒷동산도 가 보자고 약속했다. 우리 셋이 이렇게 여행을 하는 것은 처음이다. 어쩌면 마지막이 될지도 모른다.

어느새 자줏빛 목단 꽃잎이 떨어져 풀 위에 누웠다. 다시 꽃이 필 내년이 기다려진다.

젊음이 그리 빨리 지날 줄 알았다면
저 검붉은 목단처럼
미친 듯이 사랑이라도 해 볼걸.

아버지와
지 네

밤 12시가 될 무렵 화장실 불을 켰다. 온몸이 비틀어질 대로 비틀어진 치약을 보고서야 치약 사는 걸 깜빡했다는 걸 알았다. 치약 뚜껑을 열고 아래부터 돌돌 말며 치약을 밀었다. 주둥이에서 참새 똥만큼의 치약이 얼굴을 삐죽 내밀었다. 그걸 칫솔에 간신히 묻혀 입에 넣었다.

칫솔질을 막 하려고 하는 순간 세면대 구멍에서 무언가 불길한 움직임이 느껴졌다. 어떤 생명체의 발 같았다. 갑자기 등골이 오싹해지며 소름이 돋았다. 분명 대추 크기만 한 바퀴벌레이리라. 나는 수도꼭지를 세차게 틀었다. 물이 콸콸 쏟아졌다. 죽어라, 죽어. 속으로 외쳤다. 그날 밤 잠이 오지 않았다. 나는 누운 채 베개를 들썩이며 손으로 자꾸 침대 시트를 쓸어 댔다.

며칠 뒤, 그날도 저녁이었다. 화장실 불을 켰다가 놀라서 사지가 뻣뻣해졌다. 10센티미터 정도 되는 지네가 세면대 안에 엎드려 있었기 때문이다. 흑갈색을 띤 그것의 노란 뱃가죽에는 작은 발들이 다닥다닥 붙어 있었다.

　'그러니까 지난번에 바퀴벌레가 아니라 바로 네놈이었구나.'

　지네도 나처럼 놀랐는지 꼼짝도 하지 않았다. 나는 잽싸게 슬리퍼를 벗어 손이 안 보이는 속도로 지네를 향해 냅다 내리쳤다. 죽어라, 죽어. 연두색 슬리퍼는 구멍이 뻥뻥 난 여름 모델이었다. 아무리 힘차게 때려도 구멍 난 슬리퍼는 지네의 긴 몸을 적중하지 못했다. 지네가 얻어맞은 한쪽만 노란 피에 섞인 오물이 터져 나왔다. 나머지 몸은 살아서 여전히 꿈틀거렸다. 나는 슬리퍼로 내려치면서 지네가 짓이겨지는 과정을 확인했다.

　이제는 죽었을 만도 한데 내 손이 멈추지 않았다. 짜릿했다. 이왕이면 확실히 죽여야 했다. 조금 전까지 살아 있던 흑갈색 존재에 대한 동정심 따윈 멸치 대가리 눈곱만큼도 없었다.

　살생의 쾌감이란 혹시 이런 것일까. 문득 그 기쁨에 열광하는 내가 섬뜩했다. 나는 번개 같은 속도로 살생의 명분을 찾아냈다. 이건 사람을 해치는 지네다. 그러니 죽어 마땅하다. 깨끗하게 청소한 하얀 세면대는 지네의 노란 피로 범벅이 됐다. 휴지를 뜯어 흩어진 지네의 피와 산산이 부서진 지네의 살덩어리를 닦아 변기 안에 던진 후 변기통 손잡이를 꾸욱 눌렀다. 나는 휴지가 물과 함께 시원하게 내려간 것을 확인한 후 변기 뚜껑을 닫았다.

지네를 처음 본 순간 아버지가 떠올랐다. 초등학교 2학년쯤 됐을 때의 일일 거다. 시골에서 서울 변두리로 이사 온 우리 가족은 먹고살 길이 막막했다. 아버지는 팔도의 산과 들에서 나무와 풀을 잔뜩 캐 온 뒤 그걸 썰고 묶어서 단으로 만들어 동네 시장에 내다 팔았다. 집 현관에는 아직 자르지 않은 풀, 나무 더미가 대충 묶인 채 포개져 있었다. 약초라고 했다. 현관, 거실, 베란다, 부엌까지 우리 집은 약초에 점령당했다. 아버지는 그 약초가 사람을 살리고 우리에게는 밥을 준다고 했다. 그래도 나는 약초가 싫었다. 그 약초 때문에 우리 집은 늘 지저분했고 나는 친구도 데려올 수 없었다.

해 질 무렵, 여느 때처럼 아버지는 다음 날 팔 약초를 작두로 썰고 계셨다. 나는 방을 나와 마루를 지나 화장실로 가다가 멈췄다. 지는 햇살이 토해 내는 붉은빛 때문이었을까. 내 시선은 창밖 저녁노을에서 자연스럽게 아버지의 뒷모습으로 향했다. 아버지 옆에는 평소와 다르게 풀이 아닌 검은 다발이 있었다. 생소했다.

"아부지, 이게 뭐다요?"

"지네다."

"워메 징그런 거. 뭔 지네가 요렇게 크다요? 이걸 다 워쩔라고요?"

"팔아야제. 이거이 다 약이다."

내겐 이 말이 "이 지네 팔아서 니 갈킨다"로 들렸다.

아버지는 왼쪽 손으로 약초 다발을 잡고 오른손으로 작두 손잡이를 규칙적으로 움직였다. 아버지의 두툼하고 주름진 손은 켜켜이 쌓인 거친 노동으로 고릴라 손 같았다. 저 손은 주인을 잘못 만난 탓에 평생 부드럽고 향기 좋은 크림과는 연애 한번 해 본 적 없으리라.

화장실에 갔다가 나오는 길, 노을은 이제 붉다 못해 보랏빛을 띠며 서쪽 산을 넘어가고 있었다. 아버지 등 뒤로 길게 그림자가 졌다.

부엌에서 또 10센티미터가 훨씬 넘는 지네를 보았다. 잡으려고 했지만, 슬리퍼를 신고 있지 않았고 지네는 재빨리 냉장고 밑으로 숨어 버렸다. 아버지가 보셨다면 좋아하셨을까? 지네가 사람에게 어디가 좋은지 그때 여쭈어나 볼걸 그랬다.

산 넘고
산 넘어 엄마

고흥에 강연이 잡혔다. 오전과 오후에 각각 다른 중학교에 가기로 했다.

　나는 고흥에서 태어나 여섯 살까지 살았다. 고향에 마지막으로 갔을 때가 2007년이었다. 엄마도 함께 갔었다. 그때만 해도 엄마는 잘 걸었다. 그새 아흔이 다 된 엄마는 허리를 두 번이나 다쳤다. 오랜만에 고향에 간다니까 엄마는 무리를 해서라도 따라오겠다고 했다. 엄마는 재활 치료를 받으러 병원에 열심히 다녔다. 하지만 담당 의사는 장시간 차를 타는 것은 위험하다고 했다. 포기해야 했던 엄마의 아쉬움만이 엄마 대신 나를 따라왔다.

　당일, 새벽에 일어났지만 강아지들 아침 산책 시키고 밥을 주니 시간이 금방 흘러 버렸다. 급하게 집을 나오느라 세면도구

가방도 책상 위에 그대로 놔두었다. 송파에 사는 큰언니를 태우러 갔다. 언니는 가다가 먹을 물, 과일, 과자, 빵, 오징어, 세면도구, 하물며 우리가 사용할 수건까지 안 챙긴 것이 없었다.

고흥으로 가는 도로가 새로 뚫렸다. 휴게소에서 쉬지 않고 간다면 고흥까지 네 시간이면 갈 수 있을 것 같았다. 점심은 광주나 순천에 가서 먹자고 내가 제안했다. 언니와 오빠는 고흥에 가서 먹자고 했다. 고속도로에서 빠졌다가 다시 고속도로를 타는 것은 시간이 꽤 소요된다고 했다. 두 사람의 마음은 이미 고향에 가 있었다.

순천-완주 고속도로를 달릴 즈음이었다. 산 넘어 산이고 또 산 넘어 산이었다.

"첩첩산중이네. 조선 시대 사람들 여기로 유배되면 진짜 벗어날 방법이 없었겠어. 과거 한번 보러 서울 가도 1년은 걸렸겠네. 그 시대에 안 태어난 게 얼마나 다행이야."

내 말이 끝나기 무섭게 언니가 옛날 생각이 난다며 말했다.

"엄마가 서울 가면 너무 서글펐지. 서울에 갔다 온다고 하긴 했는디, 학교 갔다 옹게 엄마가 없어져븐 거야. 아이고, 엄마가 저 산을 넘고 저 산을 넘어 또 저 산을 넘어갔구나. 엄마 있는 데를 갈라믄 산을 몇 개를 넘어야 하까? 어디까지 갔을까? 눈물이 막 나와. 해 넘어갈 때쯤이면 괜히 더 서글퍼. 맨날 산을 쳐다보고 있었지."

"서울에는 삼촌 집에 계셨던 엄마의 엄마 보러 간 거야?"

"그렇지. 이모도 보고 할머니도 보고. 서울엘 가야지 또 돈이 생기니까."

나는 궁금했다.

"엄마 서울 가면 밥은 누가 해서 먹었어?"

"아침밥은 아부지가 해서 우리 먹여 학교 보내고. 저녁은 내가 집 뒤에 깻잎 뜯어다가 담가서 된장국 끓여서 아부지 밥 차려 주고."

아버지에 대한 기억이 거의 없는 나는 아버지가 밥을 했다는데 놀랐다.

"아부지가 우리들 아침밥 해 주느라 힘들었지. 견디다 못해 모룡에 농협인가 면사무소인가까지 엄마한테 전화하러 갔어. 빨리 오라고."

"전화하러 모룡까지 갔다고?"

우리는 모룡리가 아닌 대룡리에 살았다. 모룡은 대룡 옆 동네라지만 찾아가는 길이 만만찮았을 텐데. 오빠가 언니 대신 대답했다.

"그때는 전화기가 당최 귀한 시대였어."

언니가 말을 이었다.

"너는야, 한번은 엄마 따라 서울 갔다가 홍역에 걸려 부렀어야. 데꼬 왔는데 오메오메, 아조 그냥 머리는 박박 깎어 불고. 몸에 게딱지같이 벌겋게 두드러기가 막 나 가지고. 그때 네가 세 살 인가 묵었어. 너 죽다 살아났어야. 여하튼 아부지랑 나랑 니 둘째 언니는 논에 가서 일했는디 아부지가 집에 갔다 오더니 '니 엄마 왔다' 그라데. 집에 달려갔더니 엄마가 우리 원피스 사 왔더라고. 서울 가서 옥수수 장사랑 막 했다데. 엄마가 한 달 만에 왔응게."

변하지 않는 것은 드물다. 아버지 손으로 쌓아 올린 고향 집 의 돌은 공장에서 찍어 낸 회색 벽돌로 대체되었다. 엄마의 팥죽 은 맛있다고 마을에서도 유명했다. 팥죽을 쑤면 식히려고 마당 우물가에 두었다. 그 우물도 이젠 사라졌다. 바람 불고 비 오면 귀신처럼 울던 뒷동산 대나무 숲도 우리 집 뒤 큰 소나무도 베였 다. 하긴 강화, 지금 사는 곳도 매일 작은 산이 깎이고 주택단지 가 들어서는데 이곳도 안 변할 수 있겠는가. 그래도 고향만큼은 그대로 있어 주기를 바라는 것이 고향을 떠나온 사람의 마음인 것 같다.

강연을 하러 간 두 중학교 모두 전교생이 서른 명도 안 됐다. 봄이면 벚꽃이 휘날리던 중학교의 벚나무도 작년인가 새로 길을 다듬으며 다 베였단다. 언니는 시멘트 길을 걸으며 고향 학교의 추억마저 베어졌다고 아쉬워했다. 베이비붐 시대에 태어난 나는 아이들 보기가 이렇게 어려워질 줄 상상도 못했다. 담당 선생님 이 내가 아이들이 사는 동네에서 태어났다고 알려 주었나 보다. 나를 바라보는 아이들의 눈빛이 밤하늘 별처럼 반짝였다.

"얘들아, 어디서든 꿈을 향해 씩씩하게 나아가."

아이들이 힘차게 대답했다.

"네!"

당신 탓이
아 니 다

5학년 때였던가? 우리 반 담임 선생님은 무서운 분이었다. 숙제를 깜빡 잊어버리고 안 가져오면 머리를 때렸다. "너는 커서 뭐가 되려고 그래?"는 그의 단골말이었다. 그런 날이면 아이들은 담탱이(담임을 비하해 썼던 단어)가 지난밤 또 부부 싸움을 한 걸 거라고 수군거렸다. 나는 말이 없고 얌전해서 딱히 혼날 일을 만들지는 않았다.

그런데 한번은 친구와 쉬는 시간에 매점에 갔다가 수업 시작 종이 울린 뒤에야 교실에 도착했다. 선생님이 손가락을 까닥이며 앞으로 나오라고 했다. 교실 뒷문에서 교단까지 가는데 다리가 후들거렸다. 선생님은 출석부로 내 머리를 세차게 내려쳤다. 나는 얼굴이 붉어졌다. 신음조차 내지 못했다. 몸을 작게 움츠리며 고개를 숙였다. 선생님은 나를 째려보며 소리 질렀다.

"너는 왜 얌전한 애가 저딴 애랑 다니면서 속을 썩여?"

그날 '저딴 애'인 친구는 맞지 않았다.

그 일이 있기 며칠 전 '저딴 애'의 엄마가 담임 선생님을 찾아 학교에 왔더란다. 다른 엄마들은 다 돈 봉투를 건넸는데 유독 그 친구 엄마만은 도도하게 담임의 아이들 훈계 방법을 지적했단다.

친구는 우리와 달랐다. 늘 기발하고 독특한 것을 제안했다. 어느 날은 가난해서 학교에 오지 못하는 반 아이를 돕자고 했다. 마음을 보탤 것을 요구하는 뛰어난 언변에 대부분이 설득됐던 것 같다. 우리는 떡볶이 사 먹을 돈을 모아 그 아이에게 줄 책가방을 샀다. 이 사실이 교장 선생님 귀에 들어갔다. 담임 선생님은 칭찬 대신 교장 선생님께 꾸지람을 들었다. 담임이 돼 가지고 아이들이 돈을 모아 동급생을 도울 동안 대체 무엇을 했느냐는 거였다.

교실 문을 여는 담임의 표정은 차갑게 굳어 있었다. 그는 차분하고 나지막하게 말했다.

"다 눈 감아."

분위기가 심상치 않았다.

"너희가 왜 가난한지 알아? 네 부모가 게으르기 때문이야. 그래서 너희도 가난한 거야. 원망하려거든 게으른 너희 부모를 원망해."

나는 그때까지 단 한 번도 내 부모가 게으르다는 생각을 해본 적이 없었다. 그런데 우리 집은 가난했다. 물론 책가방 살 돈이 없어서 책보를 들고 다닐 정도는 아니었지만 부모에게 미술 학원, 피아노 학원에 가고 싶다고 쉽게 말할 수 있는 형편이 못 됐다. 차도 없었다. 그러니까 가난한 게 맞았다. '우리 집은 가난하니까 선생님 말이 맞다면 우리 부모는 게으른 거구나' 싶었다. 나는 아직 어렸다.

나는 내 부모를 살펴보았다. 새벽같이 나가서 밤늦게까지 일하고 돌아왔다. 끼니를 거르며 돈을 모아 자식들을 먹여 살렸고 공부를 시켰다. 단 하루도 쉬는 날이 없었다. 그런데도 우리는 가난했다. 선생님 말은 틀렸다. 단 한순간이라도 담임 말에 넘어가서 부모가 게으르다고 생각했던 것이, 그것을 가난의 이유로 탓한 것이 부끄럽고 부모님께 죄송했다.

몇 년 전이었다. 뉴스에서 보았는지 정확히 기억이 나지는 않는다. 한 청년이 대형 마트에서 일을 하고 있었다. 그는 자신이 열심히 공부를 하지 않아서 이런 일을 한다고 했다. 그 말을 듣고 몹시 불편했다. 지인 중에는 박사 학위를 받고도 취업을 못해 백화점에서 장식품을 파는 이가 있었다. 그러니 이는 분명 당신 탓이 아니다. 그런데 종종 가진 자가 비우며 살라고 한다. 가난은 불편할 뿐이라고 말한다. 그렇게 있어 보일 뿐인 말은 가난한 이에게는 사치며 폭력이다.

다행히 내게 그림을, 문학을 발견하게 해 준 좋은 선생님도 있었다. 예술은 물질적으로 가난했던 나를 정신적인 풍요로움으로 위로해 주었다.

책 읽어 주는
직 업

"작가(만화가)가 되려면 어떻게 해야 돼요?"

특강을 가면 학생들에게서 빠짐없이 받는 질문이다.

"책을 많이 읽어라", "여행을 많이 다녀라", "만화는 그림을 잘 그리는 것도 중요하지만 스토리가 중요하니 인생 경험을 많이 해라"라고 말해 주었다. 지금 생각하니 너무 뻔한 대답이다.

왜 작가가 되기를 원하는 것일까? 작가라는 단어가 주는 이미지를 떠올려 본다. 베스트셀러 작가이자 유명 작가의 얼굴이 떠오른다. 그는 무엇을 해도 멋있다. 커피 한 잔을 들고 있어도, 가만히만 있어도 멋이 뚝뚝 떨어진다. 텔레비전에서 보여 주는 작가의 이미지는 누구에게나 동경의 대상이 된다. 한 명의 베스트셀러 작가가 있다면 하루 밥벌이도 버거워하는 작가 99명이 있다는 사실을 알지 못한다. 한 권의 책을 내기 위해 작가가 자고 싶고 놀고 싶은 아주 기본적인 욕망과 싸운다는 것을 알까? 하룻밤 사이에 검은 머리가 백발이 되는 일은 기획하고 취재하고 글을 쓰고 그림까지 그리는 만화 작가에게 흔한 일이다.

2015년 스스로 목숨을 끊은 일러스트레이터 '난나'가 떠오른다. 나는 당시 그의 죽음을 기사를 통해 접했다. 그는 나와 비슷한 또래였다. 그림을 십 몇 년 그렸는데 그림값이 더 안 좋아지는 현실은 지금도 마찬가지다. 아무리 열심히 그리고 인정을 받아도 다른 지원 없이는 버티기 힘들었던 그의 이야기는 남 이야기가 아니었다. 그를 죽음으로 이르게 한 현실의 문제는 많은 작가들이 공통으로 힘겨워하는 문제다. 그때 나는 그를 추모하는 그림을 그려 SNS와 블로그에 올렸다.

만화가는 작업을 하는 동안에는 영화관 한번 갈 정신적, 시간적 여유가 없다. 친구를 만나는 것도 거의 불가능하다. 일요일도 없다. 누가 만나자고 하면 거절해야 하기 때문에 사람을 피하기까지 한다. 친구로서, 가족 일원으로서 역할을 제대로 할 수가 없다. 본의 아니게 '나쁜 놈'이 된다. 인간다운 삶을 살 수가 없다.

책을 낸다 한들 잘 팔린다는 보장도 없다. 한 출판 관계자에 따르면 요즘엔 1쇄를 많이 찍어 봤자 2000부란다. 재쇄를 찍으면 다행이지만 그렇지 못하는 경우도 많다.

2000부를 모두 판매했을 때의 인세에서 10퍼센트의 금액을

선인세로 지불한다. 그나마 '착한' 출판사는 작가에게 선인세를 더 챙겨 준다. 자료 구입과 취재 비용, 재료값으로 얼마를 지불하면 그나마 한 달 생계비가 남을까 말까 한다. 이 때문에 난나가 그림을 그리며 논술 학원에서 국어를 가르쳤듯 다수의 작가는 다른 일을 병행한다.

그럼에도 왜 여전히 작품을 만드는가? 작업을 하는 동안 나는 매일 밤 지쳐 쓰러진다. 탈고해서 출판사에 보내고 나면 내 에너지는 바닥까지 뚝 떨어져 있다. 다시 시작할 수 없을 것 같은데 의외로 금방 다시 시작한다. 깊이 숨은 내면의 에너지까지 빡빡 끌어모아 다시 붓을 드는 것은 삶과 인간에 대한 탐구, 창작하는 즐거움 때문이다. 인간은 누구에게나 상처가 있다. 창작은 그 상처를 치유하는 치열한 과정이기도 하다.

얼마 전 엄마를 모시고 김포에 있는 큰 병원에 갔다. 나이가 드니 여기저기서 비상벨이 울리며 꾸준히 아픈 곳이 생겨난다. 걷는 것조차 힘겨워하는 노모를 지탱하기 위해 나는 팔에 힘을 주었다. 그러다가 마주 오는 여성과 눈이 마주쳤다. 그도 늙은 모친을 부축하고 있었다. 주위에는 할머니, 할아버지와 자식인 듯한 보호자뿐이었다. 백 세 시대다.

종종 엄마에게 책을 읽어 준다. 엄마는 토끼처럼 귀를 쫑긋하고 내가 읽어 주는 이야기에 흠뻑 빠지곤 한다. 병원에서 돌아와 당신 시대에 태어난 김일엽의 〈청상의 생활〉을 읽어 주었다.

엄마는 "그때는 다 그랬어" 하며 소설 속 주인공의 삶을 슬퍼했다. 슬픈데 재미있다고도 했다. 책을 읽는 것 또한 창작처럼 상처를 어루만져 줄 테다.

엄마의 말에 문득 '책 읽어 주는 직업'은 어떨까, 하는 생각이 들었다. 이미 오디오북이나 책을 읽어 주는 팟캐스트, 유튜브가 있지만 집에 직접 찾아가서 읽어 주는 직업은 없는 것 같다. 작가로서는 책이 읽혀 좋고, 노인들은 누군가가 책을 읽어 주러 오니 덜 외로울 것이고, 책을 통한 사유와 깨달음의 즐거움이 생활에 활력을 주지 않을까? '책 읽어 주는 직업', 미래의 직업일 수도 있겠다.

세상에서
가장 귀한 똥개

감자를 잃어버렸다.

일이 있어 아침 일찍 서울에 갔다가 오후 4시가 다 되어 돌아왔다. 부엌 창밖으로 남편이 강아지들과 산책 길에서 돌아오는 모습이 보였다. 표정이 밝지 않았지만 평소 웃는 얼굴은 아니어서 나는 그냥 그러려니 했다. 문을 열고 들어오더니 제일 먼저 하는 말이 감자를 잃어버렸단다. 순간 아찔했다.

"어디서? 어떻게?"

떨리는 목소리로 내가 물었다.

"산책하다가. 초코가 천천히 걷잖아. 어느 순간 봤더니 당근이는 근처에서 노는데 감자가 없더라고."

나는 남편의 말이 채 끝나기도 전에 벗었던 점퍼를 다시 걸

치고 밖으로 뛰었다. 점퍼에는 아직 온기가 남아 있었다. 남편이 뒤에서 나를 불렀다.

"차 타고 가자."

진강산에 조금 오른 후 차를 세웠다. 나는 "감자야!" 하고 부르기 시작했다. 남편이 말했다.

"여기가 아니야. 산 중턱이야."

"그걸 지금 말이라고 해? 혹시 애가 이 근처에 있을지도 모르잖아."

내가 부르면 언제든 달려오는 감자였다.

"감자야, 어딨어? 감자, 이리 와. 감자야!"

웰시코기 당근이와는 다르게 감자는 여러 번 내 속을 태웠다. 감자는 사람을 좋아한다. 오히려 개를 무서워하고 경계한다. 자기가 사람인 줄 아는가 보다. 무엇이든 금방 배운다. 단어도 꽤 많이 안다. 강아지들이 부엌에 들어오지 못하게 문을 달았다. 들어오면 안 된다고 가르쳤더니 당근이는 안 들어오는데 감자는 어느새 들어와서는 내 눈치를 살핀다. 그때마다 귀여워서 봐주곤 했다. 어쩌면 녀석은 나의 그런 마음을 알았을 것이다. 무거운 창으로 된 문을 코로 간신히 밀고 현관으로 나가는 녀석을 볼 때마다 웃음이 났다. 마당에서만 놀라고 울타리를 쳐 놓았건만 그 울타리를 뛰어넘어 미친 듯이 고양이를 쫓아 내 애간장을 태우곤 했다.

사람들은 감자는 똥개니까 버리고 당근이만 키우라고 했다. 똥개를 집 안에서 키운다고 뭐라고 했다. 매일 보는 사람을 또 봐도 짖는다고 미워라 했다. 감자는 체격이 작고 어리지만 산책 중에 사나운 개가 나에게 달려들었을 때 털을 빳빳이 세우며 나를 지켜 주려고 맞서 짖었다. 감자가 짖은 덕에 유기견에게 물려 죽을 뻔한 닭들을 살릴 수도 있었다. 자주 보았는데도 감자가 짖는 건 그 사람의 냄새를 맡지 못했기 때문이다.

　　감자를 잃은 것이 우연이 아닌 것만 같았다. 최근에 새로운 개를 입양했다. 태어난 후부터 뜬장에 갇혀 있던 보더 콜리였다. 많은 고민 끝에 어렵게 데리고 왔다. 이름은 초코라고 지었다. 초코 때문에 감자가 스트레스를 많이 받는 눈치였다. 하필 내가 집을 비운 날 감자가 사라졌다. 남편이 초코를 아끼는 모습을 보고 사라진 것이 아닌가 싶기도 했다.

　　날은 곧 어두워지는데 아무리 귀를 기울여도 감자 목에 달린 방울 소리가 들리지 않았다. 결국 참았던 눈물이 터졌다.

　　"왜 내려왔어? 왜 감자만 두고 그냥 내려왔냐고?"

　　목줄까지 매여 있는 채로 사라졌으니 어디라도 걸려서 꼼짝 못하면 영락없이 죽을지도 모른다. 산짐승에게 공격을 당할 수도 있다. 개 도살자가 데리고 갈 수도 있다. 상상만으로도 가슴이 조여 왔다. 감자가 어디선가 내가 저를 찾아오기를 애타게 기다릴 것만 같았다. 남편이 그런 나의 모습을 보고 자기는 다른 쪽을 찾아보겠노라고 산 정상을 향해 갔다. 나는 진강산 옆 가릉이 있는 쪽을 향하며 감자를 불렀다. 그때 갑자기 "이쪽에는 없어요" 하며 이웃집 엘리의 주인 부부가 나타났다. 그들도 합세해 감자를 찾았다.

가릉 쪽에는 없다 하니 감자가 사라졌다는 산 중턱으로 다시 갔다. 나는 감자의 이름을 산이 떠나가라 목이 찢어져라 불러 댔다. 거의 비명에 가까웠으리라. 순간 남편의 목소리가 멀리서 들렸다.

"찾았어! 감자 여기 있어."

나는 남편이 있는 산 정상을 향해 달려가며 감자를 불렀다.

"감자야!"

감자의 방울 소리가 들렸다. 감자가 번개같이 달려와 내 품에 안겼다.

"이눔의 새끼!"

나는 그 자리에서 통곡을 해 버렸다.

아무에게도 들키고 싶지 않은 모습이 있다. 그중 하나가 우는 모습일 것이다. 이웃은 내가 우는 모습에 당황했을 것이다. 나도 당황스러웠다. 하지만 감자를 다시 찾은 기쁨에 눈물을 멈출 수가 없었다. 무사히 살아 있음에 안도하고 감사했다.

그날 밤 감자는 얼굴을 내 쪽으로 향한 채 잠이 들었다. 나는 자다가 깨어 종종 감자를 바라보았다. 다음 날 아침에 감자는 방

안에 들어와 내가 일어날 때까지 기다렸다. 평소에는 그런 적이 없었다.

어느 날 우리 집 테라스에 버려졌던 아기 감자. 똥개면 어떠랴. 잡종이든 품종견이든 무엇이든 살아 있는 모든 생명은 귀하고 소중하다.

가족을
지키기 위해

2년 전 여름, 플라스틱으로 둘러쳐진 창살 너머 뜬장에 갇힌 초코와 처음 만났다. 당근이, 감자와 산책하는데 초코가 우리를 불렀다. 가까이 다가가자 초코는 우리를 먼저 불렀으면서도 뜬장 깊숙이 숨었다. 눈빛에서는 어떤 삶의 의욕도 느낄 수 없었다.

　몇 달 후 초코는 우리와 한 식구가 되었다. 처음엔 제대로 걷지도 못했다. 많이 아팠다. 힘들었던 시술을 용감하게 견뎌 내고 천천히 회복되었다. 시간이 지나면서 당근이, 감자를 따라 집 안이 아닌 산책 길에 대소변을 볼 수 있게 되었다. 기운이 좋아 하루 세 번 산책에 두 시간은 뛰어야 안정이 되었다. 초코만 마당에서 살게 할 수 없었다. 당근이 방을 초코에게 내주고 당근이를 거실로 옮겼다. 당근이는 불안증이 심하고 소유욕과 집착이 강하다. 자기 공간을 빼앗긴 이후로 더욱 공격성을 드러냈다. 매일 폭력성을 보이는 당근이와 흥분한 초코의 전쟁이었다.

때마침 프랑스에 사는 시부모가 개를 키우고 싶다고 했다. 두 분은 개를 여러 번 키운 경험이 있었다. 알자스 지방에 사는 시부모 집은 마당이 넓었다. 게다가 널린 게 산책로다. 당근이, 감자 때문에 눈치를 보는 초코에게는 환상적인 환경이라 생각했다. 결국 초코를 프랑스로 보내기로 했다. 지난여름부터 당근이, 감자, 초코에게 프랑스어와 한국어를 가르쳤다. 셋 모두 금세 배웠다.

초코는 오직 나만 바라보았다. 내 발소리만 들어도 자다가 벌떡 일어나 꼬리를 흔들고 신음 소리를 냈다. 큰 꼬리로 문을 탁탁 치는 소리가 내가 있는 이층까지 들렸다. 초코를 보내기 일주일 전부터 밤중에 자주 깨었다. 초코를 보내기 전날, 단둘이 늘 가던 진강산으로 산책을 갔다. 셋이 함께 산책할 때보다 훨씬 여유로웠다. 산에서 사람들을 만나면 초코는 한쪽으로 비켜 가만히 앉아 기다렸다. 그동안 초코는 몰라볼 정도로 변했다. 뚱뚱하던 몸도 날씬해지고 털갈이를 했다. 마주치는 사람마다 귀티가 난다고 했다. "저런 개는 비쌀 거야"라고도 했다. 사람들의 찬사와 눈빛은 당근이, 감자가 아닌 늘 초코를 향해 쏟아졌다. 누구도 초코가 태어나자마자 2년 동안 뜬장에 갇혀 있었다고 상상할 수 없을 것이다. 이제 눈빛에는 생기가 가득하다. 걷는 것도 힘들어하던 초코는 가장 빨리 달리는 감자를 쫓아 달렸다. 긴 갈색 털이 날개처럼 휘날린다. 눈과 비를 좋아한다. 눈만 오면 먹으려고 폴짝폴짝 뛴다. 초코는 눈 올 때 제일 행복해 보인다. 초코의 눈빛은 마치 내 영혼을 관통하는 것 같다. 깊다.

초코를 보내는 아침, 6시에 일어났다. 잠을 못 잤다고 하는 게 옳을 것이다. 남편이 초코를 데리고 아침 산책을 나간 동안 나는 당근이와 감자에게 밥을 주었다. 그가 초코의 켄넬과 짐을 차에 싣는 동안 나는 당근이, 감자를 데리고 산책을 나갔다. 아직 완전히 뜨지 않은 해가 그해의 마지막 하늘을 찬란한 보랏빛으로 물들였다. 새벽 추위 속에서 손톱 모양의 달이 단아하게 누워 잘 채비를 했다. 초코를 차에 태우자 집 안에 있기를 좋아하는 당근이가 웬일인지 대문까지 배웅했다. 감자는 꼬리를 빙글빙글 돌리며 떠나는 친구를 수상한 듯 바라보았다.

공항에는 10시가 거의 다 되어 도착했다. 남편이 체크인하는 동안 초코가 목말라 할까 봐 물을 먹였다. 공항 수속이 끝나자 초코를 데리러 한 남자가 왔다.

"초코야, 프랑스에서 만나자. 곧 갈게."

초코가 내 손을 핥고 내 얼굴을 핥았다. 남자가 초코를 데리고 멀어졌다. 마음이 미어졌다. 마음을 달래러 남편과 커피를 마시러 가는데, 지갑이 없었다. 분명 아침에 챙겼는데. 결국 마음을 추스릴 새도 없이 초코를 보냈다. 나는 곧바로 영상실로 향했다.

직원이 지갑을 찾기 위해 영상을 검토했다. 대기실에서 기다리는데 참았던 눈물이 터졌다. 널 많이 사랑하고 아껴 준다고 나름 최선을 다했는데. 널 버린 게 아닌데 왜 자꾸 죄책감이 드는지. 왜 자꾸 미안한지 모르겠다. 영상실 직원이 도난은 아닌 것 같다고 했다. 나는 고맙다는 인사를 한 뒤 주차장으로 갔다. 지갑은 차 안에 떨어져 있었다.

　새벽, 사진이 왔다. 초코는 프랑스에 잘 도착했다. 매일 사진이 온다. 잘 적응하는 듯 보였다. 그리고 당근이의 공격성을 기록하기 시작했다. 잠들기 전에 쓰다 보니 피곤이 그냥 자라고 유혹했다. 안 된다. 언제 공격성이 나타나는지, 나의 언행을 관찰하고 상황을 묘사, 기록, 분석하자. 일관성과 침착성, 인내심을 갖자. 제압이 아닌 긍정적 강화법을 공부하고 실행하자. 나의 언행이 반려견의 행동을 유도한다. 그러니 내가 노력해야 한다. 함께 행복해지기 위해.

한겨울 발자국마저 지우는
눈 위를 걷는다.
한참을 추위 속에 걷다가
돌아와 마시는 차 한잔,
노곤한지 내 발 아래 누운
감자와 당근, 초코.
너희의 온기가
내 걱정을 녹여 준다.

사랑해서
포기할 수 없는

혼밥과 혼술, 혼커(혼자 커피), 혼작(혼자 작업), 혼잠(혼자 잠), 혼산(혼자 산책)을 하며, 혼설(혼자 설)을 보냈다. 혼자 있는 동안 내게는 목표가 있었다. 당근이의 폭력성을 줄이는 것이었다.

　웰시 코기 당근이는 인천의 한 펫 숍에서 만났다. 당근이와 살면서 당근이가 펫 숍에 오기까지 어떤 환경에서 태어났는지 짐작할 수 있었다. 너무 어린 나이에 엄마와 떨어졌다는 것도, 태어나서 꼬리를 잘렸다는 것도 짐작할 수 있었다. 평소에 당근이는 천사다. 하지만 불안하면 폭력적으로 변했다. 어린 강아지일 때는 으르렁거려도 그냥 귀여웠다. 성견이 되자 문제는 달라졌다. 프랑스 친구가 이태원의 한 수의사를 소개해 주었다. 그는 당근이에게 항우울제인 프로작을 반 알씩 먹일 것을 권유했다. 프로

작은 한 달 정도 지나서 효과를 발휘했다. 하지만 약을 먹인다고 당근이의 불안증과 공격성이 사라지지는 않았다.

내가 사인회를 하러 프랑스에 가 있는 동안 당근이의 상태는 극도로 심해졌다. 남편이 산책 가기 위해 목줄을 해 줄 때마저 이빨을 드러냈다. 남편은 당근이에게 이미 여러 번 물렸다. 병원에 갈 정도로 큰 상처는 아니었지만 피가 나고 멍도 들었다.

지난달 남편이 프랑스에 부모님을 뵈러 갔다. 남편이 없는 동안 나는 당근이를 교육시키기로 결심했다. 당근이는 어떤 상황에서 공격적인 행동을 보이는가? 비가 오거나 폭풍이 일 때다. 근처에 군대 훈련이 있을 때. 포 쏘는 소리가 하루 종일 들릴 때면 아무리 맛있는 간식도 그렇게 좋아하는 산책도 소용이 없었다. 그럴 때는 최대한 안전하고 조용한 곳에서 안정을 취하게 해야 했다.

일상에서는 공사 소음이 문제였다. 서울에서 살 때도 공사 소음으로 불안에 떨었다. 시골은 조용할까 싶어 이사를 왔지만 마찬가지다. 동네에서 전원주택 공사를 시작하며 어마어마한 대형 트럭이 아침 7시부터 집 앞을 왔다 갔다 했다. 그때마다 집이 진동했다. 소음은 말할 것도 없었다. 당근이는 멀리서부터 가까워지는 트럭 소리에 잔뜩 겁을 먹고 소파 위로 올라갔다. 그러고는 다가만 가도 으르렁거렸다.

"당근아" 하고 부드러운 목소리로 불렀다. 영리한 당근이는 간식으로 유도하는 나를 피하려고 등을 돌렸다. 나는 조용하고 침착하게 클리커 버튼을 누르고 간식을 내밀었다. 인상을 구기며 금방이라도 공격하려 했던 당근이는 얼른 간식을 물었지만 내 손을 물지는 않았다. 그러나 간식을 먹자마자 다시 악마의 얼굴로 변했다. 다시 클릭, 그리고 간식 하나. 다시 클릭, 그리고 조금 떨어져 간식 하나. 클릭. 이번엔 바닥에 간식을 주었다. 이렇게 하자 당근이는 소파에서 내려왔다.

소파 옆에 당근이가 쉴 수 있게 넓고 푹신한 침대를 마련했다. 그리고 그 위에 간식을 주었다. 조금 더 오래 씹어 먹을 수 있는 것으로. 침대에 정을 붙일 수 있게 하기 위함이었다. 여기가 낮에 네가 쉬는 곳이라는 것을 인식시켜 주기 위함이었다. 하지만 간식을 먹은 후 당근이는 어김없이 다시 소파 위로 올라갔다. 나는 소파 위에 의자들을 올려놓고 빈틈을 모두 채웠다. 당근이의 습성을 바꾸기 위해서였다. 당근이는 자신의 쉼터에서 쉬다가 소파 주위를 돌다가 했다. 이제 되었구나 싶었을 때였다. 당근이가 보이지 않았다.

"당근아, 어디 있어?"

애타게 부르는데 애절한 당근이의 시선이 느껴졌다. 세상에! 소파 팔걸이에 올라가 아슬아슬하게 몸을 기대고 있는 것이 아닌가? 그의 관찰력과 끈기에 감탄과 웃음이 나면서도 그렇게나 소파에 올라가 있기를 바라는 너를 막는 내가 옳은가 회의감이 들었고, 그런 네가 가여웠고 너를 어쩌면 좋을지 걱정이 되었다. 소파 위에 못 올라가게 하는 게 불가능하다면 공격성 없이 내려오게 하자 싶었다. 교육은 다시 시작되었다. 매일 하루에 몇 번씩 반복했다. 잘했을 때는 칭찬을 아끼지 않았다.

남편이 프랑스에서 돌아왔다. 그동안 당근이는 달라졌다. 여전히 예민하지만 일상이 훨씬 평화로워졌다. 물론 아직도 상황에 따라 폭력성을 나타낸다. 하지만 그전과는 비교도 안 될 만큼 상태가 좋아졌다. 당근이의 불안증과 폭력성 때문에 남편과 심하게 다툰 적도 있었다. 순간적으로 당근이를 포기하고 싶을 때도 있었다. 물론 절대 포기하지 않았으리라는 것을 안다. 너를 포기하고는 살 수 없었을 것이다. 너는 너무 소중하다. 당근이와 감자에게서 매일 받는 기쁨과 사랑은 말로 이루 표현할 수 없을 만큼 크다. 프랑스 속담에 개는 인간의 가장 좋은 벗이라고 했다. 나는 설을 혼자 보내지 않았다. 당근이와 감자가 있었다. 가족이다.

유리 이야기

친구가 말했다.

"내 배로 낳은 아기도 아닌데 무슨 개 때문에 그렇게 힘들어 해?"

동물권 단체 직원도 말했다.

"현행법상 개는 개인의 재산으로 분류되기 때문에 어쩔 수 없어요."

산책 중 웰시 코기 유리를 보았다. 태어난 지 두 달밖에 안 된 유리는 마당을 신나게 뛰었다. 힘이 좋고 쾌활했다. 보호자는 유리를 몹시 애지중지했다. 유리는 집 안에서 컸다. 유리와 당근 이는 가끔 함께 뛰어놀기도 했다. 한 5개월 정도 지났을까? 어느 날 유리 집 앞을 지나는데 유리가 마당에 묶여 있었다. 몹시 슬퍼

보였다. 마침 보호자가 마당에 있어 왜 유리를 마당에 묶어 놓았느냐고 물었다. 집 안에서 하도 뛰어다녀서 마당에 두었다고 했다. 유리는 일주일간 밥을 먹지 않았다.

　아무리 울어도 이제 다시 집 안에 들어갈 수 없다는 것을 알았는지 유리는 밥을 먹기 시작했다. 우리가 지나갈 때마다 유리는 짧은 쇠줄 끝에 두 발로 서서 귀를 쫑긋 세우고 짖어 댔다. 그리고 2년이 지났다. 유리가 보이지 않았다. 짖지도 않았다. 이상했다. 자세히 보니 시멘트 바닥에 엎어져 있었다. 다음 날도 유리는 꼼짝을 하지 않았다. 유리 보호자에게 연락을 해 보았다. 그는 유리가 아프다고 했다. 다음 날, 유리 집 대문이 열려 있고 유리 보호자가 마침 마당에 있었다. 유리는 우리를 보자마자 배를 드러내고 누웠다. 하얗고 까만 예쁜 털이 설사로 범벅이 되어 더러웠다. 벌써 2주째 설사를 한다고 했다. 더러워진 유리의 얼굴과 배를 부드럽게 쓰다듬어 주었다. 굶어서 뼈만 앙상했다. 단지 털 때문에 마른 것이 눈에 보이지 않을 뿐이었다. 유리 보호자는 영양제와 지사제 주사를 유리의 등과 목 뒷부분에 놓았다. 유리가 하도 밥을 안 먹어서 믹스 커피를 타서 주었더니 그건 마시더란다. 나는 개에게 커피를 먹여서는 절대 안 된다고 말했다. 병원에 데리고 가야 한다고도 했다. 유리 보호자는 주사를 놓았으니 괜찮을 거라고 했다.

　유리 보호자가 쉬는 날, 우리는 유리를 보러 또 들렀다. 슈퍼에서 닭과 소고기 캔을 몇 개 사고 영양식 사료를 한 봉지 들고 갔다. 유리는 보호자가 밥에 소고기를 넣어 쒀 준 죽을 먹고 있었다. 여전히 설사를 한다고 했다. 배를 만져 보니 빵빵했다. 아무래도 복수가 찬 모양이었다. 나는 병원에 가야 한다고 말했다. 심장사상충일 듯했다. 초코를 처음 우리 집에 데려왔을 때도 설사를 했다. 그 증상과 비슷했는데 2주가 넘게 계속 설사를 하는 유리를 그냥 두면 죽을 것 같았다. 보호자는 설사는 해도 밥은 조금 먹으니 괜찮다고 했다.

보호자의 허락을 받아 유리를 데리고 천천히 산책을 나갔다. 유리가 집 밖을 나가 본 것이 얼마나 오래되었을까? 냄새를 맡고 또 맡고 오줌을 조금씩 싸며 영역을 표시했다. 땅을 밟고 풀 냄새를 맡으며 좋아라 했다. 사람이 없을 때 목줄을 풀어 주었다. 유리는 도망가지 않았다. 도망갈 힘도 없었으리라. 이리 오라면 이리 오고 저리 가라면 저리 갔다. 영리했다. 웃고 있었다. 행복해 보였다. 얼굴을 부드럽게 쓰다듬어 주니 웃었다. 웰시 코기 특유의 미소였다.

유리를 다시 보호자 집에 데려다주니 보호자는 유리의 똥을 그새 물로 청소했다. 당근이와 감자는 대소변을 본 뒤에 밟지 않으려고 얼마나 애를 쓰며 피해 걷는지 모른다. 유리도 다르지 않을 것이다. 그런 개가 자기 똥오줌에 범벅이 되었으니 얼마나 괴로웠을까.

유리 보호자가 내게 고맙다며 쇼핑백 안에 늙은호박즙을 넣어 주었다. 괜찮다고 했는데도 가지고 가라고 했다. 나는 그에게 유리를 꼭 병원에 데리고 가라고, 괜찮다면 병원비 일부를 내고 싶다고 다시 한번 말했다. 보호자는 똑같은 대답을 할 뿐이었다. 괜찮을 거라고.

다음 날 담 너머로 유리를 보았다. 여전히 설사를 했고 밥은 손도 대지 않았다. 유리가 내 냄새를 맡았는지 벽 옆에 기대 누워 있다가 간신히 기어 나왔다. 힘없이 미소를 지으며 엎드린 채 나를 보았다.

대한민국 법에서 개는 '사유재산'이다. 학대는 안 되지만 학대를 한다 해도 사유재산이기에 어쩔 수 없다. 개 식용 금지법이 통과되지 않았으니 개인적인 식용을 위해 자신의 개를 죽여도 어쩔 수 없다는 것이 동물 보호 단체의 대답이다. "요즘은 반려동물에 대한 인식이 높아져 학대하지 않아요"라고 도시에 사는 지인도 말한다.

오랜만에 우연히 만난 옛 이웃에게 유리의 소식을 물었다. 그가 활짝 웃으며 대답했다.

"그 개 두 달 전에 죽고 새로 새끼 한 마리 또 가져다 놨어요."

일주일에 단 한 번의 산책,
짧은 자유를 기다릴 너를 생각하면
늘 마음이 조급했다.
너는 멀리 내 발소리에
귀를 세웠을 테다.
이제 기다림 없이 자유로울
너를 그려 본다.

서로를 길들이고, 마음을 얻는 일

황금빛 은행잎이 떨어지던 날 나는 태어났어. 엄마는 이미 여러 번 아기를 낳아 피로했지. 어느 날 낯선 사람들의 발소리가 가까워졌어.

"태어난 지 며칠 안 됐어요. 제발 시간을 주세요. 아직 아기예요."

엄마의 구슬픈 울음소리가 점점 멀어졌어. 세상 본 지 일주일 만에 내 꼬리는 잘리고 이곳에 왔지. 엄마 얼굴이 자꾸 희미해져. 이젠 생각도 안 나.

오늘은 날이 흐려. 오후가 되자 눈이 와. 소형차 한 대가 가게 앞에 서. 조그만 여자와 키 큰 남자가 차에서 내려. '딸랑' 가게 문이 열려. 남자가 앞에서 걷고 여자가 뒤따라 들어와.

킁킁. 이건 무슨 냄새지? 코를 유리 박스 사이로 내밀어 보지만, 나는 갇혀 있어. 남자가 내 목소리를 들은 걸까? "와! 웰시 코기다" 하며 다가오려는 순간 상점 누나가 남자에게 말을 시켜. 여자는 그때까지 문 옆에 바짝 붙어 있어. 빨리 나가고 싶은 표정이야. 갑자기 내가 있던 유리 박스 문이 열려. 가게 누나가 나를 번쩍 안더니 그 여자 품에 떠밀어. 여자는 놀라서 나를 어정쩡하게 안아. 나는 잘못하면 바닥에 떨어질 것 같아. 여자가 다시 나를 꼬옥 안아. 여자 손에서 사과 냄새가 나. 나는 혀로 여자 손가락을 핥아. 남자가 다가오며 말해.

"귀엽다."

여자가 대답해.

"눈빛이 애처로워."

이렇게 나는 그 여자와 그 남자 집에 왔어. 여자는 걱정이 많아. 먹이는 얼마나 주지? 물은? 밥만 먹으면 자꾸 나한테 똥을 싸래. 현관 패드 위에서. 난 아직 태어난 지 두 달밖에 안 됐다고. 대소변이 내 의지대로 안 된다고. 결국 포기했는지 내 잠자리 옆에 화장실을 만들어 줬어. 여자는 내가 뚱뚱해지면 병 걸린다고 밥을 많이 안 줘. 난 배고프다고 말해.

"조용히 해."

여자는 인상을 써. 남자가 대답해.

"더 줘야 하나?"

3차 예방접종하려고 동네 병원에 가는 길. 전봇대 아래에서, 은행나무 아래에서 친구 냄새가 나. 이 동네에 개가 꽤 많은 것 같아. 길거리에 돌아다니는 고양이도 여럿이야. 수의사는 내가 너무 말랐대. 여자와 남자가 그때부터 밥을 충분히 줘. 4차 예방접종 땐 귀에 염증이 생겨 항생제 주사도 함께 맞았어. 너무 아파서 눈이 튀어나오는 줄 알았어. 창피한 줄도 모르고 막 울었어. 의사가 여자를 가리키며 말했어.

"엄마 여기 있잖아."

여자가 날 안아. 그리고 부드럽게 말해.

"괜찮아. 우리 당근이 괜찮아."

이상하지? 마음이 놓였어. 그날 오후 여자는 내 옆에 있었어. 항생제 때문일까? 난 자꾸 졸렸어. 여자는 노트북으로 무언가를 쓰다가 날 쓰다듬어 주곤 했지. 난 여자의 발을 베개 삼아 잠들었어. 저녁때 남자가 장난감을 선물로 사 왔어. 요즘 잇몸이 너무 가려워 닥치는 대로 물었거든. 장난감이랑 노는데 뭔가 옆에 뚝 떨어졌어. 난 번개처럼 달려가 물었지.

"당근아, 안 돼."

여자가 내 입에 든 것을 뺏으려 했어. 꽉 물었지.

"악!"

여자가 소리를 질렀어. 손에서 피가 나. 난 일부러 그런 게 아니라고 미안하다고 짖어 댔어. 여자와 남자는 더 화를 냈어. 마루에 불을 끄고 방문까지 닫아 버렸어. 나는 나대로 놀라고 무서워서 내 집에 꽁꽁 숨어 버렸어. 너무 슬퍼서 소리 내어 울 수도 없었어. 얼마나 지났을까. 방문이 열려. 여자의 발소리야. 어둠 속에서 내 쪽을 응시해. 천천히 다가와.

"당근아, 네게 그렇게 휴지를 뺏는 게 아니었어. 나는 개를 키워 본 적이 없어. 네가 처음이야. 인내심을 가지고 천천히 다가갈게. 그러니 너도 조금만 기다려 줄래?"

여자의 목소리는 부드럽고 따스해. 나도 조용히 대답했어.

"나 때문에… 미안해요, 엄마."

며칠 뒤 "당근아, 내일부터 우리 산책 갈 수 있어" 하는 말에 나는 너무 좋아서 꼬리를 마구마구 흔들었어. 아차, 나는 더 이상 꼬리가 없지. 대신 드러누워 몸을 열심히 흔들어.

"아이 좋아라. 우리 당근이 신났네."

엄마가 내 배를 긁으며 웃어.

두 달 된 웰시 코기 강아지를 입양했다. 처음으로 개를 키우며 새로운 경험을 했다. 새로운 감정을 느끼고 몰랐던 것을 이해하려 노력한다. 당근이를 보며 나를 성찰한다. 당근이를 입양하고부터 반려동물에 대한 여러 비극적 사건이 눈에 들어왔다. 전에는 관심이 없었는데 이제는 마음이 아프다. 관계에 대해 생각하며 생텍쥐페리의 〈어린 왕자〉가 떠올랐다. 나는 너에게, 너는 나에게 세상에서 단 하나뿐인 존재. 인간이든 동물이든 좋은 관계를 유지하기 위해서는 정성과 시간이 필요하다.

이 이야기와 함께 읽기 좋은 책

〈개〉 마음의숲, 2021년 출간

강화 시골로 이사 와 강아지 세 마리를 키우며 실제로 마을에서 경험한 일을 바탕으로 이 책을 그렸다. 인간과 개의 교감, 반려동물을 지키려는 사람들의 사랑을 감동적으로 풀어 냈다. 개가 인간과 살아가며 겪어야 하는 비극과 현실을 생생하게 담으며 독자들에게 생명에 대한 책임과 공존에 대해 질문을 던진다.

나를 지키며 가족을 사랑하는 법

J는 파리 유학 시절 알게 된 친구다. 열 살이 넘어 프랑스 남부에 입양됐다. 생전 처음 보는 사람들 앞에서 어느 날 치즈와 베이컨을 아침으로 먹어야 했다. 음식을 남김없이 먹지 않으면 자리에서 일어나지도 못하게 했던 새 부모님은 사회봉사 차원에서 그를 입양했다.

어릴 적 한국에서 J의 생활은 부유했다. 아빠는 1970년대 파리 유학파였다. 하지만 사고로 돌아가시면서 그의 운명이 바뀌었다. 엄마가 사업을 시작했고 친할머니가 그를 돌봤다. 남편 없이 대한민국에서 자식을 책임지기가 버거웠을까. 프랑스라면 좋은 교육 환경에서 잘 자라리라. 그를 낳은 엄마는 유학 보내는 마음으로 아들을 보냈단다.

20대 초 내가 그를 만났을 때 그는 파리의 한 건물 꼭대기 층에 살고 있었다. 세 평도 안 되는 그의 방에 나와 친구 한 명을 초대했다. 우리는 그런 방을 하녀 방이라고 불렀다. 집주인들은 작은 다락을 대충 수리해서 세를 놓았다. 보증인도 없는 우리 형편을 이용해 터무니없는 금액의 월세를 요구했지만, 그나마 그런 방이라도 얻을 수 있음에 감지덕지해야 했다. 만일 어둠의 신이 우리의 젊음과 부유함을 흥정했다면 당장 그러자고 했을 것이다. 그 공간에서 J는 우리가 불편할까 봐 하나부터 열까지 신경 썼고, 나는 그가 조금이라도 나의 눈빛이나 언행에 상처를 입을까 싶어 숨 쉬는 것조차 조심스러웠다.

민낯을 보여 주는 것은 큰 용기가 필요했을 터다. 유학 초기 친하다고 믿었던 친구는 없이 사는 내 모습에 혐오하는 눈빛으로 나에게서 멀어졌다. 그 때문에 상처를 입었고 진정성이 통하지 않는 세상을 억울해하며 고독하고 추운 겨울을 오랫동안 견뎌야 했다. J가 부엌도 없는 방에서 스파게티를 해 주었을 때 마음으로 울었다. 꿈이 있었나 싶을 만큼 앞이 보이지 않던 암담한 현실이었지만 비둘기가 행인의 머리에 똥을 싸는 모습만 봐도 자지러지게 웃던 젊은 날이었다.

J는 결국 생활고로 전공인 색소폰을 포기하고 유명한 클래식 악단에 공연 기획자로 취직했다. 몇 년 뒤 입양인에게 가족을 찾아 주는 텔레비전 프로그램을 통해 한국 가족과 상봉했다. 당시 그는 하녀 방을 떠나 부엌과 화장실, 거실과 방이 하나 있는 집을 얻어 살았다. 여자 친구도 있었다. 파리, 그의 집에서 여럿이 모여 가족을 되찾는 영상을 보았다. 할머니와 재회하는 장면은 아직도 가슴이 먹먹해 온다. 할머니는 그의 한국 이름을 애타게 불렀다. 그도 작고 왜소해진 할머니를 부르며 달려갔다. 다른 말은 기억하지 못해도 할머니라는 단어는 기억하고 있었다. 꽤 자라서 입양이 되었기에 한국말을 쓰고 읽을 줄 알았으나 입양된 이후 모든 것을 지워야 했다. 당시 지방 도시에서 한국인을 만날 기회는 거의 없었고 만나도 피했을 것이다. 피부색이 다르고 언어가, 음식이, 문화가 다른 곳에서 적응하려 모든 것을 지우고 새로 입력하는 끔찍하고 아픈 생존의 노력을 해야 했을 것이다. 그런 그가 할머니를 다시

만났을 때 얼마나 모국어로 이야기하고 싶었을까. 하지만 다른 한국말은 기억해 내지 못했다.

J는 현재 파리 근교에 있는 정원 딸린 예쁜 집에서 두 아이와 부인과 살고 있다. 한국 엄마를 보기 위해 서울에 온 그가 우리 집에 들렀다. 저녁을 먹으며 그는 길러 준 부모는 더 이상 만나지 않는다고 했다. J의 사람됨을 알기에 그런 결심을 하기까지 많은 고민과 고뇌가 있었으리라 추측한다. 말로 다 표현할 수 없는 복잡함과 깊은 상처가 있었으리라.

만화책 한 권이 생각난다. 벨기에로 입양된 자신의 이야기를 다룬 전정식 작가의 〈피부색깔=꿀색〉이다. 애니메이션으로도 나왔는데, 개인적으로 애니메이션이 더 감동이었다.

때론 멀리 도망가고 싶고 다시는 보고 싶지 않아도 또 그리운 것이 가족이다. '가족인데 뭐 어때?' 하며 아무 때나 어디서나 맘대로 그의 삶을 침범하는 것은 이기주의다. 시대가 변화하면서 1인 가족과 부모, 형제조차 찾지 않는 사람들이 늘고 있다.

바로 앞에 펼쳐진 높고 푸른 가을 하늘을 응시하며 묻는다. 나를 지키며 가족을 사랑하는 방법은 무엇일까?

이 이야기와 함께 읽기 좋은 책

〈기다림〉 딸기책방, 2020년 출간

한국전쟁이 발발하고 어느덧 70년이 지났다. 전쟁을 경험한 세대
는 사라져 가고, 새로운 세대는 지난 전쟁을 잊었지만 여전히 전쟁
의 상처를 가슴 깊이 새기고 살아가는 이들이 있다. 〈기다림〉은 전
쟁으로 가족과 헤어져 이산가족이 되어 끝없는 기다림을 이어 가
야 하는 이들의 아픔을 담고 있다. 늘 곁에 있기에 쉽게 잊는 가족
의 소중함을 다시 떠올리고, 전쟁이 가져오는 아픔과 평화에 대해
다시 생각하게끔 한다.

다시
붓을 들어
삶을 그리다

이야기 셋

새싹 봄,
시멘트 봄,
빼앗긴 봄

엄마를 보러 간다. 꽃을 사 갈까? 괜한 돈 썼다고 야단맞을 게 뻔하다. 화분이면 날마다 물을 줄 수 있을 것이다. 말도 시킬 것이다. 어느 날 꽃이 피면 좋아할 것이다. 아픈 허리를 잡고 굳이 밖에 나가지 않아도 그 꽃을 보며 봄 냄새를 맡을 수 있으리라. 하지만 꽃 화분을 파는 곳은 너무 멀다. 어쩐다?

며칠 전 강아지들 산책 다녀오는 길이었다. 지난여름 호박 몇 개 따 주신 마을 아줌마와 마주쳤다. 인사차 뭐 하시냐고 물었다. 그는 대답 대신 "산책 갔다 와요?" 하고 되레 물었다.

"네. 근데 여기서 뭐 하세요?"

그곳은 그의 집 근처가 아니었다.

"응, 냉이 캐지."

"벌써 냉이가 나와요?"

한 손에는 검은 비닐을, 다른 한 손에는 호미를 든 그가 웃으며 말했다.

"아, 지금 한창이지."

겨울을 좋아한다. 추울수록 좋다. 하늘이 푸르고 햇살이 충만하기 때문이다. 그럼에도 이맘때엔 겨울이 너무 길다고 느껴진다. 날이 조금 따스해지는가 싶더니 다시 찬 바람이 불고 눈비가 섞여 내렸다. 몸을 으스스 떨며 산책 길에 주워 온 나뭇가지로 벽난로에 불을 지폈다.

어느새 잠이 들었나 보다. 햇살에 눈이 부셨다. 이불을 박차고 아래층으로 내려갔다. 강아지들이 좋다고 꼬리를 흔들며 반긴다. 세상에 너희처럼 한결같이 나를 좋아해 주는 친구가 있을까? 대충 커피 한 잔과 빵 한 조각을 먹은 뒤 비닐 봉투 하나와 칼을 챙겼다. 집을 나서려는데 남편이 어디 가냐고 물었다. 나는 집 아래 냉이 캐러 간다고 대답했다.

"사람들이 아침에 거기서 뭘 열심히 캐던데."

아차, 내가 한발 늦었구나. 그래도 집을 나섰다. 내려가기 전에 인터넷으로 냉이 이미지를 검색해 보았다. 도착해 보니 다행히 냉이가 남아 있었다. 땅도 촉촉해서 칼이 잘 들어갔다. 쭈그리고 앉아 있으려니 햇살이 따스해서 노곤해졌다. 정말 봄 같았다. 요 며칠 계속 목 디스크로 아팠다. 뒷목이 아프니 머리도 아프고 어깨가 쑤시고 팔과 손도 저렸다. 만사 의욕이 떨어졌다. 누워서 뉴스를 보니 거꾸로 가는 세상일에 가슴이 더욱 갑갑했다. 햇빛 아래서 잠시 숨을 놓는다. 화분 대신 엄마에게 냉이를 가져가련 다. 내가 캔 냉이로 엄마는 이 따스한 햇살을, 이 부드러운 바람을 국으로 만들 것이다. 그렇게 봄을 먹을 것이다. 사랑하는 사람이 행복해하는 모습을 보는 것은 세상에서 제일 좋은 선물이다.

"뭐 해?"

나를 봄꿈에서 깨운 건 책방의 현숙 언니였다.

"어, 냉이 캐."

"냉이가 어떻게 생겼는 줄 알아?"

"뭐 대충. 이렇게 생긴 거 아니야?"

나는 손에 들고 있던 방금 캔 냉이를 보여 주었다.

"그거 냉이 아닌데."

"아니라고?"

언니가 웃으며 친절하게 말했다.

"응. 그건 지칭개야. 하긴 봄에 땅에서 나오는 풀은 거의 다 먹어도 된다더라."

두어 발자국 가던 언니가 덧붙였다.

"봐. 이게 냉이야. 여기 많네."

"아이고, 언니 아니었으면 딴것만 열심히 캘 뻔했네."

"그리고 왜 칼로 그러고 있어? 호미로 캐야지. 호미 없어?"

“있는데, 우리 강아지들 똥 치우느라 더러워.”

언니는 뒤를 돌아보며 말했다.

“따라와, 빌려줄게.”

언니의 긴치마가 봄바람에 살랑거렸다.

지칭개. 검색해 보니 피를 맑게 하고 고혈압 완화에 좋단다. 항암작용도 한단다. 고혈압 완화에 좋다니 엄마에게는 딱이다. 대야에 물을 받아 지칭개와 냉이를 여러 번 씻었다. 씻은 냉이와 지칭개를 물이 빠지라고 테라스 위에 널어놓았다.

오후에 장 보러 가는 길에 두꺼비가 깔려 죽은 것을 보았다. 차에 깔려 녹두전보다 더 납작해진 두꺼비 시체가 널브러졌다. 초록 피가 흥건했다. 올해에도 어김없이 날이 풀리기도 전 대형 트럭의 행렬이 도로를, 마을을 달린다. 또 어느 산의 살점이 뜯기고 있을까?

봄이 길을 나섰다. 새싹보다 빠른 봄이 대형 트럭 위에 실려 온다. 꽃봉오리보다 빨리 인간의 욕망을 실은 봄이 달린다. 중앙선을 넘어 질주한다. 흙먼지를 뿌리고 돌을 떨어뜨리고 달린다. 욕심의 무게로 삐거덕거리며 달린다. 새싹 봄이 파이고 시멘트 봄이 솟는다. 50번째 맞는 나의 봄은 해가 갈수록 처형당한다. 이제 막 길을 나선 봄이 벌써 다 가도록 공사 차량은 대기를 가르며 굉음을 낼 것이다.

봄이 오기 전에 이 땅에서는 차가운 차별의 칼에 누군가 바람의 전설이 되었다. 어른의 폭력에 아이가 기어이 오지 못한 봄을 등졌다. 저기 미얀마에서는 삶을 빼앗긴 봄이 오열한다.

　나는 물 빠진 냉이와 지칭개를 거두어들였다. 붉은 해가 서산을 넘어간다.

갈색 언 땅의 겨울을 뚫고
노란 봄이 기지개를 켠다.
하루가 다르게 세상은
연두색으로 물든다.
아무도 그 무엇도
너를 막지 못한다.
나의 아픈 노모가
봄을 먹고 건강해지면 좋겠다.

썩은 튤립 구근을
키우는 사회

작년 이른 봄이었다. 우연히 온수리에 갔는데 시장이 섰다. 시장이래 봤자 고무 대야와 종이 상자에 채소 조금 놓고 파는 할머니들이 대부분이다. 그 사이에 꽃 화분이 일렬로 놓여 있는 것이 보였다. 튤립, 제라늄, 라일락, 장미부터 아주 작은 포도나무도 있었다. 가까이 다가갔다. 아직 때가 아닌데 핀 노랗고 빨간 튤립이예뻤다. 춥고 긴 잿빛 겨울의 끝자락에서 만나는 반가운 색이었다. 튤립 옆에는 양파와 마늘 사이 정도 되는 크기의 구근이 보였다. 나는 꽃 파는 아저씨에게 그게 뭐냐고 물었다. 한쪽은 백합이요, 다른 한쪽은 튤립이라고 했다. 튤립 화분보다 구근이 훨씬 쌌다. 나는 백합 구근 몇 개와 튤립 구근 몇 개를 사서 집으로 돌아왔다.

마당 어디가 좋을까? 우리 집 마당은 무언가를 심기에는 좁다. 더구나 전에 살던 집주인이 심어 놓은 꽃나무로 빼곡했다. 아무리 보아도 마땅한 곳이 없었다. 때마침 마당 한쪽에 놓여 있는 큰 고무 대야가 눈에 띄었다. 다행히 고무 대야 바닥에는 물이 빠질 수 있게 구멍도 나 있었다. 나는 스티로폼을 오려 구멍 위에 놓고 그 위로 흙을 담기 시작했다. 그곳에 튤립 구근 여섯 개를 심었다. 한 달쯤 뒤 뿌리에서 초록 튤립 순이 쏙 얼굴을 내밀기 시작했다. 아침에 일어나면 튤립이 얼마나 자랐나 보러 가는 게 내 즐거움이었다. 햇살 받고 잘 자라라고 양지바른 곳으로 대야를 옮겼다. 물도 매일 열심히 주었다. 하지만 시간이 지나도 튤립은 잘 크지 못했다. 같은 마을에 사는 엉겅퀴 언니네도, 현숙이 언니네도, 상일이네, 영주네, 큰나무 카페 튤립도 모두 얼굴을 내밀고 사랑을 고백했다. 오직 우리 집 튤립만 성장을 멈추어 버렸다. 봄이 다 가도록 기다렸지만 나의 튤립은 끝끝내 잎도 제대로 내지 못하고 그대로 시들어 버렸다.

올해에는 나오겠지. 아침에 눈을 뜨면 반려견들에게 차례로 인사를 하고 튤립을 보러 갔다. 어느 날 초록 순이 땅 밖으로 수줍게 얼굴을 내밀었다. 그 모습이 반갑고 기특했다. 온수리 농협에 장을 보러 갔다. 봉오리가 맺힌 튤립을 싸게 팔고 있었다. 꽃을 빨리 보고 싶어서 급한 마음에 튤립 화분 다섯 개를 샀다. 작년 여름, 마당에 있던 연못을 흙으로 채웠다. 내 손으로 잔디를 심고 돌을 놓아 그곳에 꽃밭을 만들었다. 온수리 농협에서 사 온 튤립을 화분에서 꺼내 그 꽃밭에 심었다. 꽃은 이틀이 지나자 벌써 피기 시작했다.

새로 사 온 튤립은 하루가 다르게 활짝 열리고 마음껏 자태를 뽐냈다. 붉은 고무 대야에 작년에 심은 튤립도 꽃봉오리가 올라올 때가 되었다. 하지만 날이 가도 이상하게 그대로였다. 잎이 오히려 더 작아지는 느낌이었다. 흙이 너무 단단한가 싶어 옮겨 심기로 했다. 호미로 튤립 주위의 흙을 살살 긁었다. 꽃삽으로 튤립 구근을 조심스레 팠다. 그런데 이게 웬일인가? 구근은 썩어 있었다. 손으로 눌러 보니 그냥 으깨져 버렸다. 결코 힘을 주어 누른 것이 아니었다. 다른 구근도 파 보았다. 분명 여섯 개를 심었는데 아무리 땅을 파 보아도 남은 건 세 개뿐이었다. 그마저도 다 썩어서 형태를 알아보기가 어려웠다. 그래도 썩은 것을 살리겠다고 조심 또 조심 두 손으로 옮겨 꽃밭에 심었다.

반 이상 썩은 튤립 구근을 옮겨 심은 날, 오랜만에 텔레비전을 켰다. 튤립이 죽을지 살아남을지 모르겠다고 생각한 그날, 뉴스에서는 여성을 대상으로 한 끔찍한 범죄가 보도되었다. 여성 혐오로 목숨을 빼앗는 인간은 어떤 환경에서 만들어지는 것일까? 어떤 사회 분위기와 교육의 결과인가? 여성을 비롯해서 노인과 어린이, 장애인, 외국인, 성소수자 등이 겪는 폭력이, 차별이 당연하다고 생각하는 사람이 있을 것이다. 타인의 고통에 공감하지 못하고 마치 가벼운 게임을 즐기듯 하는 사람의 마음을 나는 이해할 수 없다.

배수가 제대로 되지 않았던 튤립 구근은 썩을 대로 썩어 있었다. 옮겨 심으려고 흙을 팠을 때 살짝 만지기만 해도 물러져 버렸다. 우리 사회도 튤립 구근처럼 썩은 것은 아닐까? 얼마만큼 썩은 것일까? 썩었다는 것을 인지할 능력은 있는 것일까? 회복 가능성은 있을까? 회복시키려면 어떻게 해야 할까?

다른 사람을 탓하고 이 사회를 탓하기에 앞서 내가 할 수 있는 일을 생각한다. 마음을 가다듬고 다시 붓을 든다.

적당한 것이 좋다.
꽃에 물이 과하면 뿌리가 썩고,
비료가 과하면 병에 든다.
적절한 토양과 햇볕, 물로 키워 낸 꽃들로
조화로운 정원을 가꾸고 싶다.

당신의 색이
변화했기를

그의 표정은 늘 밝았다. 목소리는 다소 요란스럽게 느껴질 만큼 컸다. 별것 아닌 이야기에도 감탄사를 썼으며 손짓도 과장스러웠다. 억지스럽기까지 했다. 그럼에도 그의 마음이 거짓이라는 생각을 해 본 적은 단 한 번도 없었다. 그는 맑은 유리 위에 구슬이 굴러가듯 유쾌했으며 긍정적이기까지 했다. 그는 또 소리 내 웃는 걸 좋아했다. 아니, 소리 내 웃기를 좋아한다고 나는 생각했다. 그를 보면 우울한 나까지 즐거워졌고 그를 만나는 동안만큼은 힘이 났다.

그를 마지막으로 본 지 벌써 몇 년이나 지났다. 한동안 잊고 지냈던 그가 생각난 것은 얼마 전 한 도시에서 북토크를 하다 만난 어떤 여성 때문이었다. 두 여성은 얼굴도 체형도 스타일도 달

랐지만 묘하게 닮았다. 색깔 때문이었다. 블루. 두 여성이 풍기는 색이 블루였다.

잘 웃던 그가 어느 날 자신이 낸 책을 수줍게 내밀었다. 표지가 블루였다. 그와 블루는 어울리는 색이 아니라고 생각했다. 블루라니. 적어도 내게 블루는 고독한 색이다. 그와 고독은 왠지 물과 기름 같은 느낌이었다. 물론 '모든 인간은 고독하다'는 전제하에 모든 인간은 블루를 품고 있다고 할 수는 있겠다. 그러나 어쩌면 신비한 보라가 차라리 그의 색으로 어울리지 않을까 싶었다. 표지가 블루인 그 책을 당장은 보지 않았다. 침대 머리맡에 두고 자기 전에 읽어야지 했다. 사거나 받은 책이 침대 머리맡에 쌓여 갔다.

어느 겨울밤, 오늘 같은 날이었지 싶다. 그날도 오늘처럼 목디스크가 다시 도져 아무것도 할 수 없어 누워만 있었다. 진통제를 먹고 한참을 잤다. 작업을 해야 하는데 도저히 그럴 용기도 힘도 없었다. 옆으로 몸을 돌리자 침대 옆에 쌓아 둔 책 더미 속에서 한 권이 눈에 들어왔다. 고독한 색의 표지를 넘기기 시작했다. 책은 폭력 남편에게서 자신과 아이를 지키려는 그의 일기였다. 읽는 내내 화가 나고 슬퍼서 읽다가 멈추다가 했다. 그가 그렇게 큰 소리로 말하고 크게 웃은 것은 한쪽 귀를 다쳤기 때문이었다. 남편에게 맞은 귀가 잘 안 들렸던 것이다.

사랑해서 결혼을 했다. 그 사람의 사랑한다는 달콤한 말이

욕으로 비수가 되어 날아왔다. 추울 때 잡아 주던 따스한 손은 돌처럼 단단해져 머리를 치고 가슴을 쳤다. 땅을 디디고 선 든든했던 그의 발은 무기가 되어 옆구리를 찌르고 몸을 걷어찼다. 그는 아이 때문에라도 참아야지 견뎌야지 하다가 결국 이혼을 결심했다. 그마저도 쉬운 일이 아니었다. 엄마와 살고 싶다는 아이의 울음에도 세상은 남편의 편이었다. 가족만큼은 내 편이리라 생각했는데 젊으니까 아이는 아빠에게 두고 새 인생 살라고 했다. 세상은 그랬다. 무조건 그의 탓이라고.

"그런 남자와 누가 만나래? 그런 남자와 누가 살래? 한번 결혼했으면 잘 살아야지. 애를 생각해서라도 참아야지. 우리도 다 참고 살았어. 다 그런 거야."

남편에게서 아이를 데리고 도망 다녔다. 이곳저곳. 돈도 다 떨어지고 갈 데도 없어졌다. 아이를 데리고 어디를 가든 시끄럽다고 싫어하고 눈치를 받았다. 그는 철저하게 혼자였다. 낭떠러지에 선 그에게서 남편은 아이마저 빼앗아 갔다.

북토크 하러 갔다가 그를 닮은 젊은 여성을 보았다. 어린아이를 안고 있었다. 큰아이를 남편에게 빼앗긴 여성은 당장이라도 눈물을 쏟을 것 같은 눈빛을 하고 있었다. 그와 아이를 보며 내 가슴이 조여 왔다. 세상은, 법은, 사람들은 여전히 폭력을 당한 여성의 편이 아니다. 직업이 없고 힘이 없는 젊은 엄마의 편이 아니다. 그와 아이가 며칠 동안 내내 눈에 밟혔다.

지난날 '블루'였던 그와 오랜만에 전화 통화를 했다. 여전히 통통 튀는 밝은 목소리였다. 그동안 만나지는 못했지만 지인을 통해 소식은 들었다. 아이도 되찾고 직장도 다니다가 늦은 나이에 하고 싶던 공부를 해서 논문까지 썼단다. 자신의 삶을 꿋꿋하게 잘 살아가고 있는 듯 보였다. 아이는 이제 청소년이었다. 블루였던 그는 지금 어떤 색일까?

지금 블루가 되어 버린 여성을 생각한다. 홀로서기를 하려면 주위의 믿음과 따스한 격려가 필요하다. 특히 가족은 더욱 내 편이어야 한다. 제도가 그를 보호해 주어야 하는데 법은 누구의 편일까? 어디를 가든 아이가 시끄럽다고 눈치를 받지는 않을까? 그것은 마음에 큰 상처가 될 수 있다. 강화의 겨울은 도시보다 춥다. 그가 숨 쉬고 있는 도시의 겨울은 더 추울지 모르겠다. 그의 생각에 잠 못 들고 뒤척이는 밤이다. 그가 아이와 둘이 고독과 배고픔 속에 떨고 있지 않기를 간절히 바란다.

돌 나르는
할아버지

쓰러질 듯 서 있는 저 할아버지는 혹시 어디가 아픈 걸까? 오늘
도 어김없이 강아지들과 산책 가는 길이었다. 풀밭에 있는 할아
버지가 눈에 띄었다. 허리가 구부정하고 말랐다. 가만 보니 지팡
이에 몸을 기대고 있다. 무얼 하시나? 돌을 옮기고 있네. 멋대로
자란 풀밭은 돌밭이기도 했다. 저 많은 돌을 다 옮기려는 걸까?

　　산책에서 돌아오는 길, 할아버지는 여전히 그 자리에서 돌을
옮기고 있었다. 한 발자국 떼는 데 한 시간은 걸릴 듯 느릿한 몸
짓으로 움직였다. 저 돌들을 대체 왜 옮기는 걸까?

　　서울에 일이 있어 나가던 길이었다. 이른 아침부터 밭에 나
온 할아버지, 할머니가 눈에 띄었다. 허리를 구부린 채 일하는 모
습을 보니 이제는 만날 수 없는 아버지가 연상되었다. 아버지는

늘 밭에서 살았다. 내가 학교를 가는 아침에도 학교 수업을 마치고 집으로 돌아오는 시간에도 아버지는 밭에 있었다. 돌을 나르던 그 할아버지처럼.

밭에는 할머니가 더 많았다. 어렸을 때는 할머니들이 허리가 기역 자인 이유를 알지 못했다. 커서 밭에서 감자를 캐 보고 알았다. 종일 앉아서 밭일을 하다 보면 제일 아픈 데가 허리였다.

"아이고 허리야."

나는 젊었는데도 앓는 소리가 절로 나왔다. 시골에서 나는 제일 젊은 축에 속한다. 어떤 이웃은 나를 만날 때마다 '새댁'이라고 부른다. 들을 때마다 적응이 안 되고 가끔은 픕, 웃음도 터진다. 새댁이라니, 아이고 징그러워.

그런데 서울에 가면 나는 선생님 소리를 듣는다. 선생님 소리 듣는 걸 별로 좋아하지 않는다. 선생님은 누군가를 가르쳐야 할 것 같다. 가끔 "존경한다"라는 말도 듣는다. 그럴 때면 내가 너무 늙어 버린 것 같은 느낌이 든다. 개인적으로 존경하는 인물에게 여러 번 실망했다. 어느 면에서 존경스러워도 다른 한 면이 부족할 수 있다. 그걸 알면서도 배신당한 것 같은 기분이 들었다. 완벽하지 않기 때문에 인간이 아름다운지도 모르겠다만 그래서 존경한다는 표현보다는 좋아한다는 말을 선호한다.

들어 본 호칭 중 최악은 '어머니'다. 나를 모르는 사람들이 나더러 어머니란다. 아무리 들어도 적응이 안 된다.

서울에서 집에 돌아오는 길은 해 질 무렵이었다. 돌을 나르던 할아버지는 여전히 풀밭에 서 있었다. 다음 날 아침 강아지 산책 길에도 그는 그곳에 있었다.

"할아버지, 여기에서 주무셨어요?"

농담을 던지자 할아버지가 웃었다. 무어라 대답을 했는데 너무 멀어서 알아들을 수 없었다. 시간이 지날수록 할아버지는 조금씩 자리를 움직였다. 할아버지가 자리를 움직일수록 돌들은 한쪽으로 쌓여 갔다. 할아버지가 풀을 뽑기 시작했다. 풀을 뽑는 속도도 느렸다. 젊은 사람이었다면 며칠 안 걸렸을 일을 할아버지는 영원히 끝내지 못할 것 같은 속도로 해 나갔다.

7월이 되니 날이 급격하게 더워졌다. 가만히 있어도 습도가 높아 온몸이 축축해졌다. 여름에는 꽃이 별로 없을 줄 알았는데 집집마다 담장 아래 접시꽃이 한창이었다. 분홍색, 빨간색, 하얀색. 모양도 여러 가지다. 접시꽃은 그리운 사람을 기다리는 것처럼 키를 키우고 대문 밖에 서 있었다. 접시꽃 길을 지나니 논이다. 논 풍경은 사계절이 아름답다. 이맘때는 초록색 논이 초록 바다처럼 술렁였다. 그 뒤로 운무가 마니산을 둘러싸고 있다. 마치 수묵화가 눈앞에 펼쳐져 있는 듯했다.

집으로 돌아오는 길은 어둑어둑했다. 옆으로 고개를 돌렸다가 깜짝 놀랐다. 비바람에도 견딜 수 있게 고추가 꼼꼼하게 잘 묶여 밭을 이루었다. 그 옆에 깻잎, 대파, 감자 밭이 펼쳐져 있었다.

돌 위에는 호박 넝쿨이 수북했다. 할아버지는 그 넓었던 돌밭, 풀밭을 일구어 멋진 밭을 만들어 낸 것이다.

봄을 살고 여름을 살고 가을을 산다.
나는 지금
여름의 어디쯤일까?
나는 지금
가을의 어디쯤일까?

책방에서
꿈을 찾다

작품 취재나 일을 위해 해외를 다닌 것 외에는 몇 년간 여행을 하지 못했다. 작품 취재, 답사 겸 중국에 한 번 다녀왔고 책이 출간돼 행사 차원에서 일본에 며칠 다녀온 게 전부다. 20년 전부터 마음속에 품어 온 작품이 있었다. 2018년에 취재를 더 하고 자료를 더 읽고 해서 마침내 책을 냈다. 여기저기 흩어져 있던 자료와 녹취를 정리해 시나리오를 쓰고 책을 출간하기까지 꼭 1년 걸렸다.

작품을 끝내면 최소 한 달은 아무것도 하지 않으리라 생각했다. 내가 좋아하는 곳에 가서 사랑하는 사람을 만나 인터넷 없이 한 달간 산책도 하고 그동안 지쳤던 심신을 다독거린 후 돌아와야지 생각했다. 웬걸, 코로나19로 여행 문이 닫혀 버렸다.

사람들이 많이 모이는 곳에 가는 것을 좋아하지 않는다. 20

대 초에 유명 가수 콘서트에 갔다가 사고로 죽을 뻔한 경험이 있다. 이후 사람들이 많은 곳에 가면 머리가 아프다.

지금이야 인터넷 세상이라 검색만 하면 가 볼 곳, 맛집 등을 금방 알 수 있다. 편하다면 너무 편한 세상이다. 핸드폰이 발달하지 않았던 시대, 청년이던 나는 파리에 살았다. 혼자 외국 생활을 하다 보면 혼자 노는 것에 익숙해진다. 최고의 놀이는 걷기다. 답답할 때도 걷고 심심할 때도 걷고 화날 때도 걷고 속이 복잡할 때도 걷는다.

파리는 걷기에 좋은 도시다. 파리를 사랑한 이유 중 하나는 동네 책방 때문이기도 했다. 파리엔 구마다 작은 서점이 있었던 걸로 기억한다. 생미셸 거리 근처였을까? 세 평 남짓한 책방이 있었다. 세상에서 가장 작은 책방이 아니었을까? 입구부터 바닥, 벽, 천장까지 온통 책으로 가득했다. 그 안에 할아버지 한 분이 앉아 있었다. '책을 사는 사람이 올까? 원하는 책 이름을 말하면 이 안에서 손님이 원하는 책을 찾아 줄까?' 싶었다. 책 위에 쌓인 먼지가 언제부터 그대로인지 백만 년은 된 것만 같았다. 안 나오던 기침도 나올 것만 같았다.

손님이 한 명 왔다. 그는 이러이러한 책을 찾는다고 말했다. 나는 설마 했다. 전혀 기대하지 않았다. 할아버지는 한쪽 구석을 뒤집더니 책 한 권을 꺼내 손님에게 내밀었다. 사람이 서점에 와서 책을 구입하는 것은 당연한 일인데 그곳에서는 신비하게 느

꺼졌다. 말도 안 되는 그 공간에서는 가장 평범한 일이 마술 같고 뭐든 소원을 빌면 이루어질 것만 같았다.

어느 해 여름, 알자스 지방의 '아그노'라는 작은 도시에 들렀다. 시내에 오래된 책방이 있었다. 당시 나는 새로운 작품을 기획하고 있었다. 여성의 성에 관한 만화를 만들고 싶었다. 잘할 수 있을 것 같았다. 참고 자료를 구하기로 했다. 근처에 머물고 있던 터라 아그노 시내에 있는 책방에 갔다. 목조건물은 최소 200년은 됐을 것 같았다. 그런데 그곳을 지키는 책방지기는 젊었다. 예상 밖이었다. 알고 보니 4대째 이어져 온 책방이었다.

나는 그에게 여성의 성에 관한 책이 있는지 문의했다. 그는 내게 프랑스 소설가 모파상의 책을 시작으로 몇 권을 추천해 주었다. 마침 손님이 별로 없던 터라 우리는 수다를 떨기 시작했고 나는 만화가라고 자기소개를 했다. 그랬더니 그가 책방에서 사인회를 하자고 제안해 왔다. 한 달 후, 나는 그 책방에서 프랑스에서 출간된 내 책 사인회를 가졌다. 그 작은 도시에 사인을 받으려고 꽤 여러 명이 찾아왔다. 나를 위해 왔다기보다는 그 책방을 사랑하며 즐기는 사람들이었다.

책방에는 그 책방지기만의 독자가 있다. 그들은 책방지기를 절대적으로 신뢰하며 이처럼 사인회가 있으면 찾아오고 책방지기가 추천하는 도서를 구입한다. 동네 책방은 사람이 소통하는 곳이며 작가와 독자를 만나게 해 주는 장소이기도 하다. 또 동네의 문화를 지키는 곳이다. 그 때문에 나는 여행을 가면 꼭 동네 책방에 들렀다. 네덜란드 암스테르담에 갔을 때도, 우루과이 몬테비데오, 중국 옌볜, 일본 도쿄와 교토에서도, 스위스 알프스산 아래 아주 작은 마을에 갔을 때도 동네 책방에 들렀다.

다시 여행을 떠나는 그날, 나는 찾아갈 것이다. 낯선 도시에 있는 책방에 놀러 가는 꿈을 꾼다. 그 꿈들을 지키고 싶다. 그건 작가이자 독자인 나를 지키는 꿈이기 때문이다.

팬데믹 속
유럽 사인회

유럽은 3년 만이다. 아침 7시까지 공항에서 만나기로 했는데 가는 길이 막혀 8시가 다 되어 공항에 도착했다. 한-벨 수교 120주년을 기념해 벨기에 브뤼셀 국제만화축제에서 열리는 한국 만화전에 가는 길이다. 공항에는 행사에 참여할 작가들과 전시 책임자들이 이미 도착해 있었다. 장승 깎기 공연을 할 명인 김종흥, 류필기 선생은 몇 시간 못 자고 안동에서 운전해서 왔단다. 공항 제1터미널은 텅 비어 있었다. 탑승객이 적으니 항공 수속이며 탑승까지 시간은 충분했다. 미래에는 더 빨리, 더 자유롭게, 더 저렴하게 세계 구석구석을 돌아다닐 수 있을 줄 알았다. 그러나 코로나19로 외국 여행은 30년 전보다 더 어려워졌다.

땡땡과 스머프의 고향인 벨기에에서는 해마다 9월이면 브뤼

셀 국제만화축제가 열린다. 한 달간 곳곳에서 다양한 프로그램이 이어지는데 초반 3일간 전시, 사인회, 콘퍼런스, 게임, 아틀리에 등의 행사가 집중된다. 한국 만화전이 열리는 벨기에 만화 센터는 건축가 빅토르 오르타가 1906년에 건립한 아르누보의 대표적 건물이다. 초기에는 직물 백화점이었고 이후에 유럽 최초의 만화 박물관이 되었다. 건물의 곡선이 부드럽고 장식적이다. 오래된 돌과 나무를 손으로 천천히 만졌다. 숨통이 트였다. 내가 사는 땅은 자고 일어나면 새 건물이 솟아 있다. 어쩌지 못해 모른 척 살자 해도 그게 잘 안 된다.

전시를 기획한 큐레이터 멜라니가 우리를 맞이했다. 그는 나에게 전시가 마음에 드느냐고 물었다. 전시 준비 기간이 짧아서 애를 먹었단다. 어떤 작가 작품은 매주 다른 원화로 교체해 방문객이 올 때마다 새로운 작품을 관람할 수 있게 한다고 했다. 나는 그에게 멋진 아이디어라고 말해 주었다.

센터 책방에서 사인회를 열었다. 진열대에는 지난 1년간 프랑스어권 나라에서 출간된 내 만화책이 쌓여 있었다. 저 많은 책을 다 팔 수 있을까? 은근히 걱정이 되었다. 사람들이 책에 사인을 받으려고 줄을 섰다. 한국에 관심이 있거나 한국에 다녀온 사람이나 때론 한국에 가서 공부하고 싶어 하는 자녀를 둔 이도 있었다. 청소년보다는 어른 독자가 대부분이었다. 내 첫 책부터 꾸준히 읽어 온 독자도 있었다.

대부분은 프랑스에서 출간된 〈기다림〉과 〈풀〉을 사서 내밀었다. 그런데 갑자기 표지가 노란 책이 쑥 들어왔다. 뜻밖에도 발달 장애 뮤지션의 이야기를 담은 책 〈준이 오빠〉였다. 눈앞에는 한 청년이 서 있었다. 그 옆에 엄마로 보이는 이가 말했다.

"인사하고 사인해 주세요, 해야지."

내가 책에 그림을 그리고 사인을 하는 동안 청년의 엄마는 이 책을 쓰고 그려 줘서 고맙다는 말을 여러 번 했다. 아들에게는 자폐증이 있다. 주위 사람들이 이들의 삶에 콩 놔라 팥 놔라 줄곧 간섭했단다. 이래라저래라 계속되는 참견과 충고에 시달렸단다. 남의 삶에 훈계하고 뒷말하기 좋아하는 것은 국경이 없나 보다. 청년은 엄마가 시키는 대로 나에게 고맙다는 인사를 했다. 사인이 된 책을 가지고 자꾸 다른 쪽으로 가자 엄마가 그를 불렀다. 그들의 뒷모습을 보며 〈준이 오빠〉의 최준과 그의 가족이 떠올랐다. 강화 이웃인 큰나무 카페 청년들과 부모들도 생각났다. 마을에서 인사를 제일 잘하는 상일이, 아무리 어려운 곱셈도 바로 계산해 내는 두현이, 종이를 보물처럼 다루는 영주. 모두 잘 있겠지?

벨기에에서 행사를 마친 일행은 한국으로 돌아갔다. 나는 프랑스에서 열리는 사인회와 대담회에 참석해야 해서 홀로 파리로 이동했다. 파리, 스트라스부르, 낭시에 일정이 남아 있었다. 파리에서는 젊은 독자들을 꽤 만났다. 그들은 한국전쟁에 대해 거의 몰랐다고 했다. '일본군 위안부'에 대해서도 마찬가지라고 했다.

교과서에도 나오지 않았단다. 내가 그린 그래픽 노블을 읽고 처음 알게 되었다고 말이다. 그들은 교과서에 실린 역사는 드러내고 싶은 것만 넣었다고 비판했다.

사인회를 진행하며 사인회를 연 서점 점장들에게 들었는데, 팬데믹 덕에 돈을 번 이가 있단다. 망가(일본 만화 또는 일본식 만화)를 출간한 출판사와 만화 전문 책방이다. 그중 한 명은 만화 전문 책방을 연 지 10년 만에 처음 돈을 벌었단다. 프랑스 정부에서 18세 학생들에게 300유로를 문화생활에 쓰라고 지원해 주었기 때문이다. 학생들 대부분은 그 돈을 망가 사는 데 썼다. 판매된 만화책 두 권 중 한 권이 망가였단다. 지원금 중 몇 퍼센트는 첫 작품을 낸 작가의 책 구입이나 조금 덜 상업적인 그래픽 노블을 사는 데 쓰였어도 좋았겠다.

작품과 돈에 대해 생각했다. 그동안 나는 많은 작품 출간 제안을 거절했다. 계약금과 조건도 좋았다. 거절하자마자 내가 미쳤지 하며 머리를 쥐어뜯었다. 그래도 결심을 돌이키진 않았다.

다시 한국으로 돌아왔다. 2주 만에 강화의 논이 노래졌다.

엉엉 통곡하고
흑흑 흐느끼게 하는 작품도 있어야지.
가슴이 메이게
저미는 작품도 있어야지.
꽃을 그리는 작품도
비를 묘사하는 작품도 있어야지.
어쩌면 외면하고 싶은 것이
더 삶을 닮았으니까.

사인은
책에 받아 주세요

프랑스에는 크고 작은 만화 페스티벌이 꽤 있다. 만화 전문 책방도 파리뿐만 아니라 지방 각 도시에 있다. 작가는 사인회에 초대받으면 정성을 다해 그림으로 사인을 해 준다. 독자의 태도도 볼만하다. 어린이부터 할아버지, 할머니까지 한 시간, 때로는 오후 내내 줄을 서서 차례를 기다린다. 책을 이미 구입해 품 안에 꼭 안고 있는 사람도 있고 그 자리에서 구입해 사인을 받는 독자도 있다. 기다리는 동안 누구 한 명 불평을 하거나 새치기를 하는 사람을 본 적이 없다. 본인이 좋아하는 작가를 만나려고, 사인을 받으려고 오랜 시간을 기다린 만큼 본인 차례가 됐을 때, 그의 얼굴에는 행복함이 가득하다.

작가는 설령 피곤하고 힘들어도 그런 독자의 마음과 태도에 보람을 느끼며 사인을 계속한다. 물론 모든 작가의 사인회가 비슷하지는 않다. 옆에 앉은 만화가는 줄이 빽빽한데 내 줄엔 한두 사람만 있을 때도 있고 아예 없기도 했다. 그럴 때는 연습장에 그림을 그리며 독자를 기다린다. 마음은 초조하지만 겉으로는 내색하지 않는다. 때로 드물게 만화 사인만 받으려는 사람을 만나기도 한다. 나도 몇 번 그런 경험이 있었는데 그들은 사인 북을 가지고 다니며 작가에게 그림을 부탁한다. 거절하지 못하는 마음 약한 만화가는 멋지게 그림을 그려 준다. 이름만 쓴 사인이 아니라 그림이기에 그 자체로 훌륭한 작품이며 사인 북은 곧 작품집이 된다.

이런 일도 있었다. 어떤 사람이 이탈리아의 어느 유명 작가가 그려 준 사인을 다음 날 한 인터넷 사이트에 경매를 올렸다. 이탈리아 작가는 소셜미디어에서 분노와 실망을 표현했다. '몰상식하다', '책이 아닌 다른 종이에 사인을 해서는 안 된다', '고소해야 된다', '우리는 작가를 지지한다', '사인회를 주최한 페스티벌 측과 출판사는 이제 더 이상 작가들을 사인회에 무료로 불러서는 안 된다' 등 사람들은 댓글과 공유로 격렬하게 분노했다. 재판까지 갈 뻔한 이 사건은 인터넷 사이트에서 경매 광고를 내림으로써 끝을 맺었다. 작가가 책을 들고 오지 않은 독자에게 책 이외의 종이에 그림을 그려 준 성의를 완전히 배반한 경우였다.

내가 처음으로 국내 어느 만화 행사 사인회에 초대됐을 때의 일이다. 사인회를 기획한 곳에서 당연히 작가의 책을 준비했으리라 생각했다. 도착해서 보니 책은 단 한 권도 없었다. 다른 만화가들의 책상도 마찬가지였다. 나는 내 이름이 적힌 테이블 앞에 앉았다. 책이 없으니 사인을 해 줄 수도 없고 난감했다. 주위를 둘러보니 다른 만화가들은 줄 선 사람들의 캐리커처를 그려 주고 있었다. 너무나 당연해 보였다. 나는 무얼 해야 할지 몰라 잠시 어정쩡하게 앉아 있다가 내 앞에 선 초등학생에게 내가 그린 어린이 만화 〈꼬깽이〉의 캐릭터를 그려 주었다.

"우리 아들하고 제 캐리커처 함께 그려 주세요."

옆에 섰던 아이의 엄마가 내가 그려 준 그림을 보지도 않고 말했다.

"아, 저는 캐리커처를 그리지 않는데요."

내 말이 끝나기가 무섭게 아이의 엄마는 아이를 데리고 다른 만화가의 줄로 달려갔다. 나는 캐리커처를 그리려고 그곳에 간 게 아니었다. 하지만 결국 캐리커처를 그리며 사인회를 마감했다. 사람들은 다른 재밋거리를 찾아 흩어졌다.

이후로도 비슷한 경험을 여러 번 했다.

"캐리커처 한 장 그려 주세요."

마치 물 한 잔 달라는 듯이 사람들은 요구했다. 지금의 그림을 그리기까지 작가들은 짧게는 수년, 길게는 수십 년간 공을 들였다. 그런데 사람들은 책이 아닌 아무 종이나 내밀며 캐리커처를 그려 달라고 한다. 이런 '문화'는 어디서 와서 어떻게 정착하게 된 걸까.

　최근 대한민국에는 동네 책방이 많이 늘었다. 반가운 일이다. 그러나 만화가는 신작을 내면 사인회할 기회가 거의 없다. 책을 내도 낸 것 같지가 않다. 책이 출간된 순간만 잠시 반짝하다가 다른 신간에 묻힌다. 북토크나 사인회가 중요한 이유 중 하나다. 또 이 기회는 홀로 작업하는 작가들이 유일하게 자신의 작업실에서 나와 독자와 소통하는 시간이다. 강의에 나가지 않고 작업에만 집중하는 작가는 더 그러하다. 책방에서는 책에 사인을 한다. 하지만 행사를 할 때는 아직도 구겨진 종이를 내미는 사람이 있다. 쉽게 얻은 그림은 휴지 조각처럼 버려질 게 뻔하다.

칼바람
불던 날의 기도

미세 먼지가 매우 심한 날이었다. 마을 입구 도로 오른쪽에 하얀 개 한 마리가 쓰러져 있었다. 누군가 차로 친 후 옆으로 치운 모양이었다. 진돗개 같은데 성견은 아닌 듯했다. 파란 목걸이를 한 그 개가 왠지 낯설지 않았다.

4~5개월 전쯤이었을까? 마을 입구에 있는 공장에 흰색 강아지 두 마리가 살기 시작했다. 둘은 똑같이 생겼다. 나이 든 남자가 마당에서 노는 그들을 사랑스러운 듯 바라보았다.

"할아버지 강아지들이에요? 어디서 데려왔어요?"

"응, 아는 사람한테서…"

공장 뒤로는 큰 도로, 왼쪽은 마을로 들어가는 길이었다. 금요일과 주말에는 서울에서 들어오고 나가는 차량으로 넘쳐났다.

시속 30킬로미터로 제한되어 있지만 대부분의 차량은 60킬로미터가 훌쩍 넘었다. 대형 트럭도 예외는 아니었다. 강아지가 사고를 당하는 건 순식간의 일이리라.

한 달 전, 공장 안에 있던 가구며 살림살이, 온갖 것들이 전봇대 옆 토사물처럼 공장 마당에 버려져 있었다. 그 모습이 마을로 들어오고 나갈 때마다 가장 먼저 눈에 띄었다. 예쁘던 마을 전체가 쓰레기장이 된 것 같아 한숨이 절로 나왔다.

러시아가 우크라이나를 침공하기 닷새 전이었다. 하얀 개 한 마리가 공장 뒤 큰 도로 옆에 누워 있던 그날은 토요일이었다. 나의 잠재적 불안이 확신이 되는 순간이었다. 하지만 나는 멈추지 않고 그냥 집으로 들어왔다. '근처 이웃이 치우겠지, 개 주인이 찾겠지' 생각했다. 다음 날, 강화읍에 나가던 길이었다. 개는 그대로였다. 어디로 전화를 해야 할지 몰라 119로 문의를 했다. 군청에 전화를 하란다. 일요일인데 군청 직원이 받을까 싶었다. 주말 근무하는 직원이 받았다. 직원은 치우러 오겠다고 했다.

집에 오는 길, 설마했는데 개는 여전히 그대로였다. 나는 차를 세우고 개에게 다가갔다. 그때였다. 건널목에서 다른 개가 내 쪽을 향해 환하게 웃으며 달려왔고 동시에 차 한 대가 개를 향해 돌진했다. 나는 비명을 질렀다. 다행히 개는 치이지 않았고 뭐가 그리 좋은지 싱글벙글 웃으며 나를 향해 뛰어왔다. 아니, 내가 아니라 누워 있는 개에게 왔다. 토끼처럼 껑충껑충 뛰며 친구 주위를 돌더니 냄새를 맡고 얼굴을 비벼 댔다. 그리고 나에게 다가와 내 손을 핥아댔다.

"그랬구나. 너희였구나…."

남편에게 사료와 물을 가져오라고 연락했다.

"그 개 주인 이사 간 지 2주 넘었어요."

소리 나는 쪽을 쳐다보니 공장 맞은편에 사는 이웃이었다.

"저기 죽은 개를 아시나요?"

내가 물었다.

"거기, 하얀 개랑 형제예요. 둘 다 버리고 공장 주인은 이사 갔어요."

그날 나는 동물 보호소와 반려견 입양 단체에 연락을 했다. 하루에도 수십 통의 전화가 온다고 했다. 빈자리도 없고 관할구역도 아니어서 아무것도 할 수 없다고 했다. 죽은 개는 그렇다 쳐도 남은 개는 어쩌란 말인가? 군청에서 데려가도 15일 내 입양되지 않으면 안락사를 시킨단다. 그러니 데려가라고 전화도 못할 일이다. 그 개를 억지로 떼어 내고 집으로 돌아왔다. 두 눈이 뜨거워졌다. 바람이 불었다. 아직은 차가운 칼바람이 젖은 내 볼을 할퀴었다. 나는 넋두리처럼 혼잣말을 했다.

"아이야, 다음 생엔 새로 태어나렴. 바람으로 태어나렴. 별로 태어나렴. 다시는 아프지 말고 다시는 슬프지 말고 훨훨 자유로우렴."

그 주의 목요일, 전쟁이 터졌다. 러시아가 우크라이나를 침공했다. 우크라이나인들은 피란길에 올랐다. 옷차림과 가방만 다를 뿐 6·25 때 피란민과 무엇이 다르랴. 징집된 남편을 두고 떠나는 아내와 아이들. 사랑하는 아내와 어린 자식을 떠나보내는 남성들. 총 따윈 한 번도 만져 보지도 못한 이들이 나라와 가족을 지키고자 총을 든다. 폐허가 된 소중한 집과 고향을 뒤로하고 추위 속에 무작정 앞으로만 가야 하는 이들. 오늘은 어디서 자고 내일은 또 어디서 밤을 보낼까? 러시아의 젊은 병사들은 누구를 위해 무엇을 위해 죽고 죽이는지 모른다. 전쟁이 나면 가장 먼저 하는 일이 인터넷을 끊는 것이라는데, 헤어진 가족은 어찌 다시 만날까? <풀>을 출간한 러시아 출판사의 인스타그램은 블랙 컬러로 슬픔을 표현했다. 출판사 대표는 러시아 밖으로 피란을 간 모양이다. 우크라이나어로 출간하기로 했던 출판사 사람들은 무사히 피란했을까? 전쟁 터지기 얼마 전까지도 연락을 받았는데···. 모두 무사하기를···.

우크라이나의 한 아이가 난리 통에도 강아지를 안고 있는 사진 한 장이 눈에 띄었다. 그 한 장에 많은 이야기가 담겨 있다. 아이의 삐딱한 털 모자, 강아지를 안은 팔과 손의 모양, 아이의 불안한 눈빛, 그럼에도 웃는 모습, 개의 꼬리, 표정···.

나는 코 끝이 맵고 눈시울이 뜨거워졌다.

세 번째
봄

세상과 나를 뒤흔드는 여러 사건 때문에 아프고 힘들었지만 그래도 삶은 지속되었다. 나는 강화에서 세 번째 봄을 맞았다. 옆집 김정택 목사님네 산수유꽃이 봄을 가장 먼저 알렸다. 노란 꽃은 아직은 싸늘한 길 위에서 불꽃처럼 터졌다. 얼마 뒤 영주네 집 목련이 등불처럼 하얗게 하늘에 대롱대롱 달렸다. 목련이 활짝 피었을 때보다 바로 직전을 좋아한다. 두 손을 모으고 있는 듯한 그 모습은 터지자마자 갈색으로 변한다. 이제 막 열린 목련은 느닷없이 따스해진 다음 날 점심 무렵 활짝 피었다. 그날 저녁 뜬금없이 비가 내렸다. 목련이 땅 위에 무겁게 떨어지는 소리가 들리는 듯했다. 비 갠 아침, 길에는 하얀 목련이 흉하게 널브러졌다. 이틀을 살기 위해 긴 겨울을 기다린 목련꽃이었다. 너를 보려면 또

1년을 기다려야 한다.

　다행히 벚꽃은 아직 지지 않았다. 당근이와 감자를 데리고 큰나무 카페 앞으로 갔다. 벚꽃나무들이 목련나무 옆에 쭈욱 줄지어 있다. 하얀 벚꽃 사이로 분홍색 벚꽃이 피었다. 하얀 벚꽃이 더 아름다워 보이는 이유는 분홍색 벚꽃이 옆에 있어서다. 분홍색 벚꽃이 더 화사한 이유는 하얀색 벚꽃이 곁에 있어서다. 서울에서 벚꽃 구경하러 딱 한 번 여의도에 간 적이 있다. 벚꽃보다 사람 구경만 실컷 하고 왔다. 강화에 살면서 굳이 어디를 가지 않아도 천지에 널린 것이 봄이어서 좋다. 꽃비가 내린다. 당근이, 감자도 황홀한지 입을 헤벌리고 웃었다.

　우리 집 마당에도 꽃이 피기 시작했다. 아침에 일어나면 커피 한잔 들고 오늘은 어떤 꽃이 피었나, 어떤 나무가 인사를 하나, 어떤 풀이 자랐나, 마당 이곳저곳을 기웃기웃한다. 우리 집은 분홍색 진달래가 가장 먼저 피었다. 이어서 재작년에 심은 붉은 튤립이 수줍게 올라왔다. 작은 보라색 꽃도 돌 틈에서 솟아났다. 난 종류인 것 같은데 이름은 모르겠다. 예전에 당근이가 자고 일어나면 한 뼘씩 자라고, 자고 일어나면 또 한 뼘 자랐듯 백합도 쑥쑥키가 자라 있었다. 비가 한 번씩 올 때마다 모든 꽃나무가 1센티미터씩 자라는 듯하다. 죽었다고 생각한 포도나무에서 새잎이 난다. 죽었다고 생각했던 무화과나무도 생존 신고를 했다. 작년에 두세 뿌리 심은 황매화가 한 달 사이에 땅에서 몇 가지가 나와 사

방팔방으로 뻗어 났다. 황매화는 마치 조선 시대 과거 급제한 도령이 쓴 모자에 달린 꽃을 떠올리게 했다. 그러고 보니 이몽룡이 춘향이를 만난 날이 오월 단오였구나.

마당에 피는 꽃 중 가장 기다려지는 꽃이 바로 목단이다. 올해는 유달리 봉오리가 많다. 봉오리 안 핏빛 꽃잎이 살짝 얼굴을 보여 준다. 며칠 지나자 세상을 향해 고개를 내밀더니 활짝 피었다. 그 향기에 취한 건 나뿐이 아니다. 벌들이 웅웅거리며 목단 속으로 날아든다. 벌들이 사라졌다는 뉴스를 얼마 전에 읽었다. 우리 집은 벌들이 사과꽃에서 목단으로 배꽃으로 왔다 갔다 한다. 배꽃도 작년에 비해 많이 피었다. 하얀 배꽃은 예쁘지만 똥냄새가 난다.

내가 이렇게 한가롭게 지내는 동안 동네 할아버지, 할머니는 새벽부터 바빴다. 아흔이 다 된 할아버지는 할머니를 오토바이 뒷좌석에 태우고 작년까지도 밭에 와서 일을 했다. 올해부터는 위험하다고 그냥 걸어 다닌다. 감자를 심고 벌써 옥수수도 심었다. 더 이상 농사지을 힘이 없다고 땅을 팔겠다고 한다.

감자, 당근이를 데리고 아침 산책을 나간다. 진돗개 모찌네를 지나 검은 개 앵두네 어름에서 오른쪽으로 가면 황구 화강이네다. 봄이 왔는데 화강이네 건너편 할머니가 안 보였다. 늘 밭에서 살던 분인데 이상했다. 거름도 그대로다. 화강이 주인에게 물어보았다. 뇌경색으로 쓰러져 병원에 있다고 한다. 우리가 지나

가면 호박도 주고 감자도 주던 마음 좋은 할머니였는데. 마음속으로 슬픔이 몰려왔다.

강화에서도 이 마을로 들어온 것은 책방 국자와주걱 김현숙 언니 덕이다. 내가 언제까지 이곳에 살지는 모르겠다. 옛날이야기 중 하나가 생각난다. 나무꾼이 나무하러 산속에 갔다가 신선 둘이 바둑 두는 모습을 보고 한나절을 보냈단다. 집에 갈 때가 되었다 싶어 내려왔더니 세월이 한참이나 지나 버렸다. 어머니는 돌아가시고 부인은 할머니가 되어 버렸는데 자신은 여전히 젊더라는 이야기로 기억한다. 내가 그 모양이다. 눈 깜짝할 사이에 오전이 슝 날아가 버렸다. 봄날은 짧으니 몇 날을 잠시 이렇게 살아도 괜찮지 싶다. 곧 논이 하늘을 담은 호수가 된다. 강화의 아름다운 사계절이 지켜지길 바란다. 자연 속에서 이주민과 원주민, 동물들이 행복하게 어울려 사는 강화가 되길 바란다.

사람이 지겨워 자연으로 왔다.
자연에 있자니 사람이 그립다.
사람 참 변덕스럽다.

어떻게 넘어져야 덜 아플까

"아야."

또 넘어졌다. 친구들이 놀릴까 봐, 혹시 좋아하는 같은 반 재민이가 볼까 봐 순이는 아픈 것도 참고 빨리 일어나 주위를 살폈다. 다행히 아는 얼굴은 보이지 않았다. 안심한 순이는 치마의 흙을 털었다. 오른쪽 무릎에서 피가 난다. 순이는 그제야 "으앙" 울음을 터뜨렸다. 그저께도, 어제도 넘어지고 순이는 요즘 자꾸 넘어졌다. 돌에 걸린 것도 아니고 발을 잘못 디뎌서도 아니고 누가 뒤에서 민 것도 아니다. 왜 넘어지는 걸까? 아기도 아닌데, 왜?

골목을 돌다가 순이는 또 넘어졌다. 이번엔 팔꿈치가 까졌다. 아팠다. 너무 자주 넘어져서 순이의 팔과 다리, 엉덩이는 멍투성이에 상처투성이였다. 이제는 일어나기가 무서웠다. 어떻게 넘어져야 좀 덜 아플까? 일단은 손이 자유로워야 해. 호주머니에 손을 넣고 있다가 넘어져서 크게 다칠 뻔한 적도 있다. 순이는 넘어지려고 하면 손바닥을 먼저 땅에 댔다. 손바닥이 까이긴 했지만 그래도 덜 아팠다. 다음 문제는 일어나는 거였다. 어떻게 일어나야 조금 덜 힘들까? 건물 벽이나 나무, 전봇대를 잡고 일어나는 게 좋겠다. 하루에 열두 번 넘어진 날 엄마에게 물었다.

"엄마, 나는 왜 자꾸 넘어져요?"

엄마는 대답이 없었다. 의사도 순이가 왜 넘어지는지 그 원인을 찾지 못했다. 순이는 중학교를 졸업하고 일을 구했다. 집이 가난해서 더 이상 학교를 다닐 수 없었다. 순이의 관절은 이전보다 더 안 좋아졌다. 일을 하면서도 아픈 걸 참으려고 입술을 피가 나도록 깨물었다. 아프면 일을 그만두고 쉬다가 조금 회복되면 일을 하고 다시 아프면 직장을 쉬기를 반복했다. 그러다 결혼을 하고 아이를 낳았는데 뇌성마비였다. 그때부터 시어머니는 순이를 구박했고 남편은 외도를 했다. 고통에 시달리던 순이는 큰 병원에 갔다. 처음 들었다. '대퇴부 무혈괴사증.' 관절이 녹아 없어지는 병이란다. 걸을 수조차 없는 몸이 된 순이는 앉아서 몸을 밀고 다녔다. 손바닥에 피가 날 정도였다. '뼈가 녹는 아픔'을 누가 알까. 결국 양쪽 고관절이 녹아 서른한 살에 인공관절 이식수술을 받았다. 인공관절의 수명은 10년이지만 다른 방법이 없었다.

둘째 아이를 임신했다는 사실을 알았을 때 기쁨보다는 두려움과 무서움에 산부인과 문 앞에 털썩 주저앉았다. 땀인지 눈물인지 모를 뜨거운 액체가 볼을 타고 목으로 흘러내렸다. 천만다행으로 둘째는 건강했지만 시집, 남편과의 관계는 나아지지 않았다.

'옛날 말에 한 우물만 파라고 했다. 하지만 지금은 옛날이 아니다. 길이 아니면 돌아가라. 다른 길을 선택하면 된다.'

마음먹은 순이는 이혼하고 빈 몸으로 집을 나왔다. 남편은 순이에게서 아이들을 빼앗아 갔다. 아이들을 보지도 못하게 된 순이는 외로움과 두려움 속에서 모든 걸 다 놓아 버리고 싶다는 생각도 했다. 그때까지도 순이는 자신의 병이 부모의 방사능 피폭과 연관이 있다는 사실을 알지 못했다. 순이의 부모님은 모두 히로시마 원자폭탄 피해자였다. 순이의 형제들이 원인 없이 죽고 난치병에 시달렸음에도 그녀의 어머니는 초기엔 당신이 원폭 피해자였음을 밝히지 않다가 훗날 원폭 피해자들을 지원한다는 소식을 들었을 때 당신이 피해자임을 밝혔다. 뇌성마비 장애를 앓고 있는 순이의 첫째 아들과 순이 형제들의 난치병은 피폭의 결과였다. 대부분 2세들은 부모의 피폭 사실을 숨겨야 했다. 전염병이라도 옮기는 듯 사람들과 이 사회는 그들을 멀리하고 차별했기 때문이다.

순이는 바로 '한국원폭2세환우회'의 한정순 사무국장이다. 나는 몇 년 전 우리나라 원폭 피해자에 대한 그림책 작업을 위해 국내와 일본에서 피해자들을 만나 그들의 증언을 기록했다. 그중 한정순 사무국장의 증언을 마치 동화 들려주듯 이야기했다. 원폭 피해자에 대한 애니메이션과 영화는 일본인이 제작한 것이 많고 그들의 관점이 반영되었다. 그래서 조선인 피해자는 거의 언급이 없다. 일본 만화 중 〈맨발의 겐〉에 조선인이 등장하지만 그것도 잠깐이다. 역사의 수레바퀴 속에서 여전히 고통받는 많은 순이를 생각하며, 인간의 기본적 권리와 행복을 찾으려 투쟁해 온 순이의 눈물을 대신해 이 글을 쓴다.

이 이야기와 함께 읽기 좋은 책

〈할아버지와 보낸 하루〉 도토리숲, 2016년 출간

한국은 세계에서 두 번째로 원자폭탄 피폭자가 많은 나라다. 1945
년 히로시마와 나가사키에 원자폭탄이 떨어졌을 때 강제징용 등의
이유로 일본에 넘어간 많은 조선인 또한 원자폭탄에 희생당했다.
한국 사회에 잘 알려지지 않은 피해자들의 이야기를 실제 증언을
바탕으로 재구성한 그림책이다. 다시는 이런 비극이 일어나지 않
기를 바라는 마음을 간절히 담았다.

백 년을 건너 두고 온 마음

33인의 만화가가 33명의 독립운동가를 그려 내기로 했다. 독립운동가 웹툰 프로젝트 해외 답사 2차 팀은 상하이를 시작으로 난징, 항저우, 충칭, 광저우 일정을 잡았다. 상하이행 비행기가 한 시간 이상 지연돼 서둘러 상하이 임시정부 건물을 향해 달렸다. 오늘 하루 30팀이 다녀갔단다. 문 닫기 직전이라 거의 빛과 같은 속도로 둘러보고 훙커우 공원으로 이동했다. 이동 중 버스가 고장 났다. 공원에 5시 30분까지 입장해야 하는 탓에 빗속을 달렸다. 10분을 남겨 두고 입장한 공원은 온통 연두, 초록이었다.

날은 이미 어둑해졌다. 공원을 지키는 듯 하얀 고양이가 눈에 띄었다. 사흘 만에 상하이를 점령할 수 있다고 큰소리쳤던 일본이 3개월이 걸려 겨우 점령한 상하이에서 천장절을 기념한 것은 최고의 기회였다. 윤봉길은 이날을 위해 공원에서 과일을 팔며 수없이 반복했을 것이다. 어쩌면 내가 만난 하얀 고양이 할머니의 증조·고조할머니에게 윤봉길은 먹이를 주었을지도 모르겠다. 고양이는 오늘처럼 윤봉길을 멀리서 보다가 가까이 다가가기도, 몰래 훔쳐보기도 했을 것이다.

도시락 폭탄은 민간인까지 해칠 위험이 있어 물병 폭탄을 던졌다. 이때 절름발이가 된 시게미쓰 마모루는 1945년 일본이 패망하고 전권대사로 항복 문서에 사인한 인물이다. 훙커우 공원에는 윤봉길기념관도 있었다. 그 안에 거사 당일 아침의 사진 복사본이 걸려 있다. 그는 왼손에는 총을, 오른손에는 폭탄을 들고 있다. 곱게 빗어 넘긴 머리에 시선이 머물렀다. 사진 한 장을 자세히 보다 보면 꽤 많은 진실을 발견할 수 있다.

깊고 선한 눈빛이다. 1932년 4월 29일. 윤봉길 의거 후 세 시간 만에 일본군은 상하이 임시정부를 덮쳤다. 중국도 하지 못한 일을 한국인인 윤봉길이 해낸 덕에 임정 사람들을 항저우로 피신시키는 데 장제스의 배려가 있었다고 한다. 중간에 합류한 김명섭 선생님께서 이동 중에 말씀해 주셨다. 이때 상하이에 흩어져 있던 80여 명의 임정 사람들과 그 가족들이 무사히 서류 정리까지 하고 피신했다.

항저우 임시정부 청사를 찾아 둘러보았다. 서호는 아름다웠지만, 함께 배를 탄 단체 중국인 가이드는 몹시 소란스러웠다. 세계에서 가장 큰 도시, 인구 4000만의 충칭에서 한인 거주 옛터인 토교에 갔다. 여기서 밭을 일궈 임정요원들과 의열단 가족들이 밥을 먹고 지냈으리라.

충칭은 안개가 끼는 날이 많아서 일본이 폭탄을 정확한 장소에 떨어뜨리지 못했다. 바람이 없어 숨 쉬기도 어려웠다. 이 때문에 70여 명의 임시정부 한인이 폐암으로 죽었다. 김구의 큰아들 김인 또한 같은 이유로 죽었다. 충칭 임시정부가 거둔 중요한 성과는 1940년 9월 17일 창립식을 가진 광복군을 만든 것이고, 1942년에 김원봉과 김구가 좌우합작 연합 정부를 만든 것이라고 한다.

광저우에 폭우가 쏟아져 비행기 시간이 늦춰진 덕에 조선의용대 대장 김원봉 열사가 3년간 부인과 살았던 옛 집터를 찾았다. 재개발 지역으로 확정돼 곧 사라질 예정이니 어쩌면 우리가 마지막으로 그의 옛집을 봤을지도 모르겠다. 말수가 적고 감정을 드러내지 않은, 유일하게 홀로 의열단 단원 전체를 알고 있었고, 결심하면 상대방을 꼭 의열단원으로 만들고 마는 그가 살던 시장 거리를 거닐며 그를 마음속에 그려 보았다.

그의 집 벽돌이라도 하나 짊어지고 올걸. 아쉬운 마음만 챙겨 광저우로 향했다. 광저우에서는 황푸군관학교를 보았다. 중산대학은 유감스럽게도 들어갈 수 없었다. 답사 기간에 훌쩍이던 눈물이 결국 터지고 말았다. 바로 1927년 반국민당 정부 무장봉기에 참여했다가 희생된 150명의 의열단 조선 청년들을 기리는 의미로 세운 광주기의열사능원의 '중조 인민 혈의정' 앞에서였다. 백 년 전에 태어났다면 나는 무엇을 위해 살았을까. 무엇을 위해 죽었을까. 이들의 나이 고작 20대였다. 스물두 살의 나는 꿈을 찾아 프랑스로 떠났었다.

같은 날 저녁 8시 30분 인천공항에 착륙했으나, 백 년의 시차 속에 마음은 여전히 그곳에 두고 몸만 돌아온 듯싶었다. 시간은 짧지만 좋은 작품으로 보답해야겠다는 생각이 들었다. 나는 33인의 독립투사 중 1918년 러시아 백의군에게 총살된 알렉산드라 김에 대한 만화를 만들었다.

상해 임시 정부에서 운영한 인성학교 학생들과 선생님들

정화는 일기를 쓰지만 지키기는 어렵다.

이 이야기와 함께 읽기 좋은 책

〈시베리아의 딸, 김알렉산드라〉 서해문집, 2020년 출간

조선인 최초의 볼셰비키 혁명가이자 노동 인권과 조선 독립을 위해 투쟁한 김알렉산드라의 생애를 그린 그래픽 노블이다. 정철훈 작가의 원작 〈소설 김알렉산드라〉를 바탕으로 재탄생한 책으로, 당시 러시아 이주 한인들의 고단했던 삶과 혁명기의 격동했던 시대적 상황이 김알렉산드라의 비극적인 생애에 짙게 응축되어 있다.

한발 더 가까이, 작품 속으로

본문에서 간단히 제목만 언급했거나 아쉽게 소개되지 못한 김금숙 작가의 책 중 함께 읽고 싶은 좋은 작품을 소개합니다.

〈풀〉 보리출판사, 2017년 출간

일본군 '위안부'로 끌려간 이옥선 할머니의 삶을 그래픽 노블로 담았다. 유난히도 학교에 가고 싶어 했던 아이가 우동가게와 술집으로 팔려 간 어린 시절부터, 중국으로 끌려가 일본군 '위안부'로 지내야 했던 시간, 전쟁이 끝나고 55년 만에 고향으로 돌아온 할머니의 일생을 흑백 만화로 표현했다. 일본군 '위안부' 피해 이옥선 할머니의 증언은 살아 있는 역사이자 우리가 잊지 말고 꼭 기억해야 하는 역사이다. 〈풀〉은 전쟁은 무엇을 앗아 가는지, 우리가 지켜야 할 평화란 무엇인지 되짚어 보게 한다.

〈풀〉은 2020 만화계 오스카로 불리는 하비상 최고의 국제도서 부문 수상을 비롯해 미국 뉴욕타임스, 영국 가디언 최고의 그래픽 노블로 선정되는 등 전 세계의 주목을 받았으며, 영어, 프랑스어, 일본어, 아랍어 등 20여 개 언어로 번역 출간되었다.

〈지슬〉 서해문집, 2014년 출간

제주도 민간인 학살이라는 무거운 이야기를 가슴 먹먹하게, 때로는 해학적으로 그려낸 오멸 감독의 영화 〈지슬〉. 그래픽 노블 〈지슬은〉 단순히 원작 영화를 리메이크하는 데 그치지 않고 영화를 완벽하게 만화의 언어로 풀어내며 독창적이고 아름다운 예술 작품으로 거듭났다. 작품 속 모든 그림을 화선지에 붓과 먹으로 섬세하게 그려 냈다. 수묵화로 그린 흑백의 선은 피해자와 가해자, 나와 남을 날카롭게 가르지 않고 부드럽게 아우르고자 했다. 제주 4·3 항쟁을 체험하지 못한 세대나 역사에 무관심한 대중에게 4·3 항쟁을 널리 알리고 관심을 이끌어 내고자 했다.

〈나목〉 한겨레출판, 2019년 출간

소설가 박완서의 데뷔작 〈나목〉을 그래픽 노블로 재창작했다. 1950년대 서울 명동 거리와 미8군 PX, 계동 골목의 이미지가 꼼꼼한 취재와 작품 탐구로 재현됐으며, 현대적 감각을 입힌 인물 캐릭터로 선보인다. 역사와 현실에 내몰린 인간의 내면을 흑백의 명징한 대비와 거침없는 붓질로 묘사했다. 박완서와 박수근 두 예술가의 만남이라는 현대사의 흥미로운 소재를 단순한 가십으로 다루지 않고 두 인물의 삶과 예술 세계에 보다 깊이 있게 접근한 의도가 돋보이는 작품이다.

〈준이 오빠〉 한겨레출판, 2018년 출간

판소리와 피아노로 세상과 소통하는 발달 장애 청년의 이야기를 담았다. 생후 30개월에 발달 장애 판정을 받았지만, 가족들의 관심과 응원 속에 독보적인 뮤지션으로 성장한 실제 인물 최준의 성장 과정을 각색했다. 김금숙 작가가 판소리 공부를 하며 만난 준이와 그의 가족들의 이야기가 작품의 바탕이 되었다.

〈풀〉, 〈지슬〉과 같이 굵직한 역사를 다룬 작품과 달리 이 책은 보다 경쾌하고 따스한 필체로 발달 장애인과 가족들의 일상을 그렸다. 우리 사회에 만연한 장애에 대한 편견이 바뀌어 그들을 이해하고 응원해 주기를 바라는 마음을 담았다.

〈이방인〉 딸기책방, 2021년 출간

이 책은 김금숙 작가가 프랑스인 남편과 겪은 문화 차이를 모티브로 삼아, 프랑스인 남편과 한국인 아내가 한국으로 들어와 겪는 문화 차이를 이야기한다. 서로가 느낀 문화 차이에 대해 갈등하고 화해하는 이방인 부부의 일상은 웃음과 공감을 자아내는 한편, 현실 부부의 전투적인 논쟁은 우리 사회에 대한 경계인의 시각을 잘 보여 준다.

2007년에 그려진 이 만화는 김금숙 작가의 미발표 원고였다. 당시 출간 계약을 한 프랑스 출판사의 사정으로 출간이 무산되었다. 긴 시간이 지난 후 딸기책방의 제안으로 독자 앞에 이 작품을 선보일 수 있게 되었다.

〈꼬깽이〉 전3권, 보리출판사, 2013~2015년 출간

어린이 잡지 〈개똥이네 놀이터〉에 연재한 이야기를 책으로 엮은 만화로, 시골에서 태어나 서울로 이사와 성장한 작가의 자전적 이야기를 담았다.

여덟 형제 중 막내인 꼬깽이의 눈으로 바라본 가족들의 소탈한 이야기가 때로는 웃음 짓게 만들고, 때로는 가슴 따뜻하게 전해진다. 더불어 순수하고 천진난만한 아이 모습을 고스란히 간직한 꼬깽이와 친구들은 시대와 세대를 뛰어 넘어 우리 모두의 어린 시절을 떠올리게 한다.

철마다 봄 소풍, 모내기, 물놀이, 가을 운동회, 눈썰매 타기를 하며 자연과 함께 건강하게 자라는 시골 아이들의 풍경. 예기치 못한 사정으로 어렵게 달동네에서 서울살이를 꾸리게 되었어도 서로를 지탱해 주는 가족의 힘. 어떤 곳에 살든, 어떤 상황에 놓이든 당차고 씩씩하게 이겨 내는 꼬깽이를 재미와 감동으로 전한다.

〈애기 해녀 옥랑이, 미역 따러 독도 가요!〉 파란자전거, 2015년 출간

독도에 처음으로 가서 물질한 해녀 옥랑 할머니를 비롯하여 독도 바당을 앞마당처럼 누비며 물질하던 제주 해녀들의 살아 있는 독도 이야기를 담은 그림책이다. 제주 허영선 시인이 우리 땅을 노래하고 김금숙 작가가 강인한 제주 여성과 아름다운 바다를 힘 있는 붓질과 다채로운 색으로 표현해 냈다.

〈우리 엄마 강금순〉 도토리숲, 2017년 출간

1943년 일본 야하타 제철소에서 태어난 강제 동원 2세 배동록 할아버지의 실제 증언으로 기록했다. 강제 동원으로 일본으로 건너간 가족의 삶을 통해 슬픈 역사를 거쳐 온 우리 할아버지와 할머니들, 재일 동포들의 삶을 이야기한다. '강제 동원'과 '지옥 섬, 하시마 섬(군함도)' 그리고 민족학교와 재일 동포의 아픔을 글과 그림, 사진 자료로 생생히 담고 있다. 평화의 시대일수록 정확히 기록해야 할 아픔의 기억이다. 강이경 작가가 글을 쓰고, 김금숙 작가가 그리고, 이재갑 작가가 사진을 찍었다.

〈판소리 흥보가〉〈판소리 춘향가〉〈판소리 심청가〉
길벗스쿨, 2014~2015년 출간

꼬깽이와 함께 떠나는 판소리 만화 시리즈. 김금숙 작가는 시골 동네 소리꾼이었던 아버지 옆에서 귀동냥으로 판소리와 친해졌고 이후 판소리를 배웠다. 소리를 아끼고 전통 가락의 흥을 아는 작가가 그리고 썼기 때문에 붓선 하나하나에 판소리에 대한 진정성과 애정이 담겨 있다. 어린이들이 판소리를 쉽게 접하고 이해할 수 있도록 이야기를 풀고, 꼬깽이 캐릭터가 등장하여 생동감과 재미를 더욱 높였다.

아직
못 다한 이야기

프랑스에 초대받았다. 1년 전부터 기획하고 준비한 세 달간의 일정이었다. 내 책들은 여러 나라에서 번역·출간되었는데 그때마다 인터뷰나 사인회 같은 행사를 하러 그 나라를 방문하곤 했다. 팬데믹 이후 외국 방문은 거의 없어지다시피 했는데 코로나19가 완화되며 드디어 하늘 길이 열린 것이다.

프랑스에서 2022년 봄에 출간된 〈개〉, 스페인에서 출간된 〈풀〉 관련 언론 인터뷰와 사인회를 비롯한 다수의 행사와 강연, 작가와의 만남 일정으로 가득했다. 오랜만에 만난 반가운 작가들과 현재 진행하고 있는 작업에 대해 이야기를 나누었다.

리옹만화축제에서는 대부분의 시간을 성당에서 프레스코를 그리는 데 보냈다. 가로 4미터 세로 2미터 규모였다. 첫 날은 연필로 대충 스케치를 했다. 둘째, 셋째 날은 먹과 붓으로 그렸다. 눈 내리는 겨울 당근이, 감자와 함께 강화 진강산을 산책하는 모습이었다. 강화에서의 행복한 모습을 프랑스 사람들에게 그림으로 보여 주고 싶었다.

3개월이 어떻게 지났는지 모르게 휙 지나갔다. 유럽 곳곳을 차와 비행기, 기차로 넘나드는 숨 막히는 일정 속에서도 나는 그곳을 관찰하고 마음에 담았다. 일부러 보려고 한 게 아니라 관심이 있으니 절로 눈에 띄었다. 특히 나라마다 서로 다른 개와 사람의 관계가 눈에 들어왔다. 프랑스에서는 어디를 가든 개가 많아 놀랐다. 그 전에도 많았지만 코로나 때문에 더 많은 사람이 개를 입양했다고 한다. 극심한 코로나로 외출이 금지되었을 때였는데, 하루에 한 번 개를 데리고 산책하는 것은 허용했다고 한다. 한국과 달리 프랑스는 반려견 입양법이 엄격하다. 입양을 원하는 사람의 나이가 많으면 입양할 수도 없다고 한다. 펫 숍도 법으로 금지되었고 교육자도 많다. 프랑스에 함께 온 당근이와 감자는 전문교육을 받았다. 아니, 정확히는 개들이 아니라 우리가 개들의 언어를 이해하는 법을 배웠다. 그리고 당근이가 변하기 시작했다. 개와 산다는 것은 결국 나에 대한 성찰이며 나에 대한 교육이구나 싶었다.

지난 12월 말에 프랑스 시부모님께 입양된 초코도 만났다. 시부모님 집은 알자스 지역의 아름다운 전통 집이다. 마당도 넓고 초원이라 개들에겐 최고의 환경이다. 여름내 초코와 당근이, 감자는 매일 함께 산책하고 즐겁게 놀았다. 초코는 시부모님께 막내딸처럼 사랑받는다. 초코와 시부모님이 행복해하는 모습을 보니 보내길 잘했다는 생각이 들었다. 덕분에 초코에 대한 걱정을 완전히 털어 낼 수 있었다.

세상을 둘러보고 작업은 한국에 돌아와서 해야지 마음먹었었다. 밖에 나가는 경험은 좋은 공부라고 생각했기 때문이다. 한데 붓을 들지 않는 시간이 길어질수록 마음이 불안하고 초조해졌다. 다시 그림을 그릴 수 있을까 걱정되었다. 얼른 내 작업실에서 혼자만의 시간을 갖고 싶었다. 마음이 이렇게 간사하다.

여름이 지나고 그토록 그리던 집으로 돌아왔는데, 코로나 양성 확진을 받고 말았다. 평소에 그림을 그리느라 손을 많이 써서인지 손가락부터 시작된 근육통이 손목으로 팔로 번져 갔다. 고열에 인후통, 미각 상실까지 겪고 혼자 끙끙 앓으며 침대에 딱 붙어 있었다. 세 달이나 집을 비워 두었으니 먹을 것도 없었다. 찬장에 있던 오래된 미역으로 들통 한가득 국을 끓였다. 격리된 일주일간 밥하고 먹을 참이었다. 두 끼 먹으니 질려서 결국 다 버렸다. 배달도 못 시키고 이러다 굶어 죽지 싶었다.

다행히 책방 국자와주걱의 현숙 언니가 밭에서 가지와 깻잎, 고추, 감자를 따다 주었고, 큰나무 카페 기린 선생님이 파김치를 담가 가져다 주었다. 남숙 언니, 연숙 언니를 비롯해 큰나무 카페 모든 가족에게 고맙다. 우리 마을은 '숙'대밭이다. 이름이 '숙'으로 끝나는 언니들이 많다. 같은 마을에 사는 엉겅퀴 언니는 나에게 꽃을 꺾어 주었다. 언니는 꽃 박사다. 가까운 곳에 이렇게 좋은 언니들이 산다는 것은 얼마나 큰 힘이 되는지 모르겠다.

강화 온수리에는 세상에서 제일 맛있는 빵을 파는 벨팡과 막걸리를 직접 제조해 파는 금풍양조장도 있다. 젊은 사람들이 점점 강화에 들어와 활기가 생겼다. 또 근처에는 존경하는 소설가 김중미 선생님과 함민복 시인 부부가 산다. 강화읍에는 파란 지붕을 인 딸기책방이 있다. 위원석 대표와 박종란 실장님을 보러 갈 때는 당근이, 감자도 데리고 간다. 개를 너무 사랑하는 두 분을 만나면 당근이와 감자도 꼬리를 흔들며 좋아한다. 멀지 않은 곳에 사계절 출판사 대표 강맑실 선생도 산다. 양도면에는 열 살 된 자람 도서관도 있다. 모두가 소중하고 귀한 인연이다. 자주 보지 못해도 어쩌다 만나면 오랜 친구처럼 반갑다. 양도면 도장리 우체국은 또 어떤가. 코로나 때문에 해외에 책을 보내는 일이 복잡하다. 도장리 우체국 사람들은 친절하게 도와준다. 이들 덕분에 나는 강화에 잘 자리 잡을 수 있었던 것 같다. 그들의 온기가 보태진 둥지에서 안심했고, 마음 놓고 작업에 집중할 수 있었다.

올해 추석은 집에서 보냈다. 엄마는 큰 수술을 해서 병원에 계신다. 걱정한다고 낫는 거 아니니까 걱정하지 말라고 오빠에게 말했지만 정작 나는 걱정으로 잠을 설쳤다. 일상이 어찌 되었든

나는 다시 붓을 든다. 작업하다가 차 한잔을 들고 잠시 테라스에 간다. 앞으로의 작업과 일정에 대해 생각한다.

지금 진행 중인 그래픽 노블을 올해 말에 모두 완성할 계획이다. 내년 초에 국내에서 출간되고 가을 무렵에 프랑스에서 출간할 예정이다. 해외 여러 나라에서 초대받았지만 정말 특별한 경우가 아니면 겨울에는 움직이지 않고 대체로 작업에 집중한다. 내년 초에는 벌써 여러 일정이 있다. 북유럽에 초대되었으니 노르웨이에 갔다가 스페인과 프랑스에 다시 가게 될 것 같다. 이집트와 브라질에서도 초대받았지만 지금은 무리고 다음 기회로 미뤘다.

다른 세상, 다른 사람들과 만나며 큰 자극을 받는다. 내년 초 사인회 일정에서 돌아오면 나는 다시 새 작업을 시작할 것이다. 너무 급하게 하고 싶지는 않다. 이제는 체력도 40대 때와 다르다. 노안도 심해져 돋보기를 쓰지 않으면 작업을 할 수 없고 핸드폰 문자나 카톡은 아예 읽거나 대답하기도 어렵다. 천천히 가야지 싶다.

내가 지금까지 낸 책들을 생각해 본다. 작업할 때마다 몸이 쓰러질 듯 힘든 시간을 보내며 열심히 했다. 그런데 아직도 할 이야기가 있다. 그러니 계속 가야지. 다시 시작해야지. 초심으로.

내 주변의 사람들이 없었다면 오늘의 작가로서 나는 존재하지 못했을 것이다. 이 에세이 또한 그렇다. 그중에서도 독자가 최고다. 독자 당신이 없다면 책을 내도 무슨 의미가 있을까? 내 책을 친구처럼, 연인처럼, 당신 마음의 소리처럼 아껴 줄 당신에게 감사하다. 당신이 최고다. ●

2022년, 강화에서 김금숙

©김금숙, 〈개〉 마음의숲 그림 제공

도서출판 남해의봄날 비전북스 32
우리 인생의 모범답안은 정해져 있지 않습니다. 대다수가 선택하고, 원하는 길이라 해서 그곳이 내 삶의 동일한 목적지는 될 수 없습니다. 진정한 자유를 위해 용기 있는 삶을 선택한 이들의 가슴 뛰는 이야기에 독자 여러분을 초대합니다.

시간이 지날수록 빛나는

초판 1쇄 펴낸날 2022년 10월 14일

지은이 **김금숙**
편집인 **천혜란**책임편집, **박소희**
교정 **이정현**
마케팅 **황지영, 이다석**
디자인 Studio Marzan **김성미**
인쇄 **미래상상**

펴낸이 **정은영**편집인
펴낸곳 (주)남해의봄날, 경상남도 통영시 봉수로 64-5
전화 055-646-0512
팩스 055-646-0513
이메일 books@namhaebomnal.com
페이스북 /namhaebomnal
인스타그램 @namhaebomnal
블로그 blog.naver.com/namhaebomnal

ISBN 979-11-85823-89-8 03810
©김금숙, 2022